Russland in kleinen Geschichten

Dieses Taschenbuch enthält 33 kleine Lesestücke über Russland in einfachem Russisch mit gegenübergestellter deutscher Übersetzung.

Der Leser erfährt daraus einiges Neue über einiges Altbekannte: Dampfbad und Tee, Bliny und Kaviar, Arbat und Goldenen Ring, Iwan, Peter und Katharina, Matrjoschkas und Ikonen, Dekabristen und Tolstojaner...

und einiges , wovon er noch keine oder nur eine sehr blasse Ahnung hatte: Über Herrn Groß-Nowgorod, die Kiewer Rus, die Fürstin Olga, die Zarenkrone, die Moskauer deutsche Vorstadt, die französische Königin Anna Jaroslawna, den Bratsker Stausee, den Grabstein Bulgakows...

Dieses Buch wurde 1992 von einer jungen Moskauerin geschrieben, die Russisch für Ausländer unterrichtete. Diese Entstehungszeit merkt man dem Buch an, denn die Themen von damals spielen in mehrere Texte hinein: Perestrojka, Sowjet-Endzeit, beginnende Privatisierung... Dieser Zeitbezug gibt dem Buch inzwischen stellenweise beinahe den Reiz eines historischen Dokumentes. Die Autorin und die Übersetzer haben deswegen bei der Durchsicht für die 6. Auflage 2002 nur solche Passagen aktualisiert, die sich ohne nähere Erläuterung auf das «Jetzt» bezogen und daher inzwischen irreführend wären: An diesen Stellen gibt es jetzt kurze Hinweise auf die weitere Entwicklung in den 1990er Jahren.

Natalija Nossowa, Jahrgang 1961, ist Lektorin für Russisch am Slavistischen Seminar der Universität Freiburg.

НУ ЧТО, ПОЕХАЛИ?

RUSSLAND IN KLEINEN GESCHICHTEN

erzählt von Natalija Nossowa
übersetzt von Gisela und Michael Wachinger
illustriert von Frieda Wiegand

dtv

MIX
Papier aus verantwortungsvollen Quellen
FSC® C019821

Originalausgabe 1993 (dtv 9301)
8. veränderte Auflage 2006
19. Auflage 2024

zweisprachig@dtv.de
Umschlagkonzept: Balk & Brumshagen
Umschlagbild: Detail von einem russischen Kopftuch
aus der 2. Hälfte des 19. Jahrhunderts
Satz: Komdata, Nobber
Druck und Bindung: Druckerei C.H.Beck, Nördlingen
Printed in Germany · ISBN 978-3-423-09466-5

Ну что, поехали?

Also dann – fahren wir?

«Нет ды́ма без огня́»?

В нача́ле 2006 го́да в интерне́те был проведён опро́с о том, что для ру́сских явля́ется си́мволом их страны́. В пе́рвую деся́тку вошли́: моро́зы, матрёшки, бездоро́жье, блины́, медве́дь, правосла́вие, ру́сская ба́ня, икра́, са́мые краси́вые де́вушки и Сиби́рь. Кро́ме них ча́ще всего́ называ́лись: Пу́шкин, во́дка, Большо́й теа́тр, Толсто́й с Достое́вским, берёзки, самова́р, ва́ленки, Кре́мль, Кала́шников, Ле́нин и да́же Ходорко́вский.

А по мне́нию большинства́ иностра́нцев, все ру́сские лю́бят ба́ню, пьют во́дку, едя́т солёные огурцы́ и игра́ют в ша́хматы. Ру́сским эмигра́нтам за грани́цей прихо́дится дока́зывать, что не все они́ бы́вшие аге́нты КГБ, что во́дку они́ на за́втрак не употребля́ют, что в моро́зы они́ мёрзнут, как и все норма́льные лю́ди, и что в ру́сских города́х медве́ди по у́лицам не хо́дят. С друго́й стороны́, ча́сто ду́мают, что все ру́сские игра́ют на пиани́но и прекра́сно зна́ют матема́тику. Са́ми ру́сские счита́ют себя́ са́мой чита́ющей на́цией.

Соотве́тствуют ли э́ти клише́ действи́тельности? Как говори́тся, «ды́ма без огня́ не быва́ет», одна́ко, с друго́й стороны́: «слы́шал звон, да не зна́ет, где он». Сре́дняя температу́ра зимо́й в Москве́ 10 гра́дусов моро́за (хотя́ в янва́рские креще́нские моро́зы она́ опуска́ется и до ми́нус 35), в сиби́рском Верхоя́нске – на «по́люсе хо́лода» – температу́ра достига́ет отме́тки в ми́нус 68 гра́дусов, а на Черномо́рском побере́жье зима́ по-ю́жному тёплая. Иностра́нцев ча́сто

Typisch russisch?

Anfang 2006 lief eine Umfrage im Internet zu der Frage, was Russen als Symbol für ihr Land ansehen. Unter den ersten zehn Nennungen waren: der Frost, die Matrjoschkas, die schlechten Straßen, die Bliny, der Bär, das orthodoxe Christentum, das russische Dampfbad, der Kaviar, die allerschönsten Mädchen und Sibirien. Außerdem wurden sehr häufig aufgeführt: Puschkin, der Wodka, das Bolschoj-Theater, Tolstoj und Dostojewskij, die Birken, der Samowar, die Filzstiefel, der Kreml, die Kalaschnikow, Lenin und sogar Chodorkowskij.

Nach Meinung der meisten Ausländer dagegen lieben alle Russen das Dampfbad, trinken Wodka, essen Salzgurken und spielen Schach. Russische Emigranten müssen im Ausland erst einmal glaubhaft machen, dass sie nicht lauter ehemalige KGB-Agenten sind, dass sie normalerweise nicht Wodka zum Frühstück trinken, dass sie wie alle normalen Menschen bei Frost frieren, und dass in den russischen Städten keine Bären auf den Straßen herumlaufen. Auf der anderen Seite denken viele, dass alle Russen Klavier spielen können und hervorragend in Mathe sind. Die Russen selbst halten sich für die Leser-Nation schlechthin.

Entsprechen diese Klischees der Wirklichkeit? Man sagt ja: «Wo Rauch ist, ist auch Feuer», aber auch: «Man hört den Ton, weiß aber nicht, woher er kommt». Die Durchschnittstemperatur im Moskauer Winter liegt bei minus 10 Grad,

während der strengen Januarfröste kann es aber auch bis minus 35 Grad kalt werden. Im sibirischen Werchojansk – am «Kältepol» – fallen die Temperaturen bis auf minus 68 Grad, und an der Schwarzmeer-Küste sind die Winter südländisch warm.

поражают дамы в московском метро – все, как одна, в роскошных норковых шубах, а также люди, ныряющие в прорубь в 20-градусный мороз где-нибудь в городском парке, так называемые «моржи».

Лето на европейской территории России короткое и нежаркое, со средней температурой плюс 19 градус. Горожане предпочитают проводить лето на дачах. Дача – это сложившаяся ещё в 19 веке традиция обеспеченных горожан выезжать на лето в деревню, это деревянный дом с палисадником, левкоями и дельфиниумами, это неторопливая, уютная «дачная» жизнь, плетёные кресла на террасе, оранжевый абажур над столом, где собирается вся семья, чай из самовара с малиновым вареньем и клубникой со сливками, заросший пруд, вишни и яблони.

В советское и перестроечное время дача была подсобным хозяйством, снабжающим семью летом ягодами, фруктами и овощами, а зимой вареньями, солениями и маринадами. Сегодня на месте бывших дачных домиков часто можно видеть вычурные «дворцы»: богатые русские предпочитают жить не в городах, а в своих загородных резиденциях.

Географическое положение

Россия расположена в восточной части Европы и северной части Азии. Её территория простирается более, чем на 9000 километров с запада

Ausländer staunen oft über die Damen in der Moskauer Metro, die eine wie die andere prächtige Nerz-Pelzmäntel tragen, und ebenso über die «Walrösser», Leute, die in irgendeinem Stadtpark noch bei minus 20 Grad in einem Eisloch untertauchen.

Der Sommer im europäischen Teil Russlands ist kurz und nur selten heiß mit Durchschnittstemperaturen von 19 Grad. Die Städter verbringen den Sommer am liebsten auf der Datscha. Die Tradition der Datscha hat sich im 19. Jahrhundert herausgebildet. Wohlhabende Städter fahren im Sommer aufs Land in ihr Holzhaus mit Vorgarten, voller Levkojen und Rittersporn. Die Datscha – das ist: besondere Ruhe, gemütliches Leben, geflochtene Rohrsessel auf der Terrasse, ein orangener Lampenschirm über dem Tisch, um den sich die ganze Familie versammelt, Tee aus dem Samowar (mit Himbeermarmelade), Erdbeeren mit Sahne, ein verwunschener Teich, Sauerkirsch- und Apfelbäume.

In Zeiten der Sowjetunion und der Perestroika war die Datscha eine Nebenerwerbs-Landwirtschaft, die die Familie im Sommer mit Beeren, Früchten und Gemüse versorgte, im Winter mit Marmelade, Eingesalzenem und Eingelegtem. Heute kann man anstelle der ehemaligen Datscha-Häuschen verschnörkelte «Paläste» sehen: Reiche Russen wohnen lieber nicht in der Stadt, sondern in ihrer Vorortresidenz.

Geographische Lage

Russland liegt im östlichen Teil von Europa und im nördlichen Teil von Asien. Sein Gebiet erstreckt sich über mehr als 9000 Kilometer von Westen nach

на восто́к и почти́ на 5000 киломе́тров с се́вера на юг. Э́то са́мое большо́е по пло́щади госуда́рство в ми́ре (бо́лее 17 миллио́нов квадра́тных киломе́тров).

Росси́я грани́чит с Норве́гией и Финля́ндией на се́веро-за́паде, с Эсто́нией, Ла́твией, Литво́й и Белору́ссией на за́паде (Калинингра́дская о́бласть грани́чит с По́льшей) и с Украи́ной на юго-за́паде. На юге – с Закавка́зскими респу́бликами (Гру́зией и Азербайджа́ном), Казахста́ном, Кита́ем, Монго́лией и Коре́ей. Морска́я грани́ца на восто́ке отделя́ет Росси́ю от Япо́нии и америка́нской Аля́ски.

Респу́блику омыва́ют двена́дцать море́й: Балти́йское мо́ре на за́паде; Чёрное и Азо́вское моря́ на юге; Ба́ренцево, Бе́лое, Ка́рское, Ла́птевых, Восто́чно-Сиби́рское, Чуко́тское моря́ на се́вере; Бе́рингово, Охо́тское и Япо́нское моря́ на восто́ке. С се́вера и восто́ка Росси́я окружена́ многочи́сленными острова́ми, наибо́лее значи́тельные из кото́рых – Но́вая Земля́, Се́верная Земля́, Сахали́н и Кури́льские острова́.

В Росси́и двена́дцать городо́в с число́м жи́телей бо́лее миллио́на.

По террито́рии респу́блики прохо́дит де́сять часовы́х поясо́в, поэ́тому когда́ в Москве́ 15 часо́в, в Петропа́вловске-Камча́тском – по́лночь.

Европе́йская часть Росси́и лежи́т на Восто́чно-Европе́йской равни́не, кото́рая на юге грани́чит с Кавка́зом.

На Кавка́зе мно́го высокого́рных хребто́в, покры́тых ледника́ми (са́мая высо́кая то́чка – Эльбру́с – 5642 ме́тра). Но есть и бо́лее ни́зкие

Osten und über fast 5000 Kilometer von Norden nach Süden. Russland ist nach der Fläche der größte Staat der Erde: mehr als 17 Millionen Quadratkilometer.

Russland grenzt im Nordwesten an Norwegen und Finnland, im Westen an Estland, Lettland, Litauen und Weißrussland (der Kaliningrader Bezirk grenzt an Polen), im Südwesten an die Ukraine; im Süden an die transkaukasischen Republiken (Georgien und Aserbaidschan), an Kasachstan, China, die Mongolei und Korea. Im Osten verläuft die Grenze zu Japan und den USA (Alaska) im Meer.

Die russische Republik wird von zwölf Meeren umspült: von der Ostsee im Westen; vom Schwarzen und vom Asowschen Meer im Süden; von der Barentssee, dem Weißen und dem Karischen Meer, der Laptewsee, der Ostsibirischen See und dem Tschukschenmeer im Norden; vom Bering-, Ochotskischen und Japanischen Meer im Osten. Im Norden und Osten ist Russland von zahlreichen Inseln umgeben, deren bedeutendste Nowaja Semlja, Sewernaja Semlja, Sachalin und die Kurilen sind.

In Russland gibt es zwölf Städte mit mehr als einer Million Einwohner.

Auf dem Gebiet der Republik gelten zehn Zeitzonen. So ist es in Petropawlowsk auf der Halbinsel Kamtschatka Mitternacht, wenn es in Moskau drei Uhr nachmittags ist.

Der europäische Teil Russlands liegt in der osteuropäischen Ebene, die im Süden an den Kaukasus grenzt.

Im Kaukasus gibt es viele Hochgebirgsketten, die von Gletschern bedeckt sind (der höchste Punkt ist der Berg Elbrus mit 5642 Metern), aber auch niedrigere

це́пи и плоского́рья. Здесь нахо́дятся минера́льные исто́чники, кру́пные месторожде́ния не́фти и га́за.

Ура́л отделя́ет европе́йскую часть Росси́и от Сиби́ри и Да́льнего Восто́ка, э́то грани́ца ме́жду Евро́пой и А́зией. Ура́льские го́ры невысо́кие (ни́же 2000 ме́тров), покры́тые леса́ми, с многочи́слеными озёрами и ре́ками. С конца́ XVII ве́ка здесь добыва́ют желе́зо, медь, зо́лото, самоцве́ты. Сего́дня здесь со́зданы кру́пные приро́дные запове́дники.

За Ура́лом начина́ется За́падно-Сиби́рская равни́на, окаймлённая на ю́го-восто́ке гора́ми Алта́я. В Сиби́ри протека́ют крупне́йшие ру́сские ре́ки – Обь, Ле́на, Енисе́й. Ме́жду Енисе́ем и Ле́ной располо́жено Среднесиби́рское плоского́рье, к кото́рому на ю́ге примыка́ют хребты́ За́падного и Восто́чного Сая́на, а ме́жду Ле́ной и Ти́хим океа́ном – хребты́ и плоского́рья се́веро-восто́чной А́зии.

Полуо́стров Камча́тку на Да́льнем Восто́ке называ́ют страно́й вулка́нов. Здесь 28 живы́х и о́коло 3000 поту́хших вулка́нов. Есть здесь и экзоти́ческая Доли́на ге́йзеров с горя́чими минера́льными исто́чниками.

Gebirgszüge und Hochland. Hier befinden sich Mineralwasserquellen und große Vorkommen von Erdöl und Gas.

Der Ural trennt den europäischen Teil Russlands von Sibirien und dem Fernen Osten; er gilt als Grenze zwischen Europa und Asien. Die Berge des Ural sind niedrig (niedriger als 2000 Meter) und bewaldet; es gibt dort zahlreiche Seen und Flüsse. Seit Ende des 17. Jahrhunderts werden im Ural Eisen, Kupfer, Gold und Edelsteine gefördert. In jüngerer Zeit wurden hier große Naturparks eingerichtet.

Jenseits des Ural beginnt die Westsibirische Ebene, die im Südosten von den Bergen des Altaj begrenzt ist. Durch Sibirien fließen die größten russischen Flüsse: Ob, Lena und Jenissej. Zwischen Jenissej und Lena liegt das Mittelsibirische Hochland, an das sich im Süden die Ketten des Westlichen und Östlichen Sajanischen Gebirges anschließen; zwischen der Lena und dem Pazifik liegen die Gebirgsketten und Hochland-Gebiete von Nordost-Asien.

Die Halbinsel Kamtschatka im Fernen Osten wird das Land der Vulkane genannt. Hier gibt es 28 tätige und etwa 3000 erloschene Vulkane. Hier befindet sich auch das exotische Tal der Geysire mit heißen Mineralquellen.

Господи́н Вели́кий Но́вгород

«Земля́ на́ша велика́ и оби́льна, а поря́дка в ней нет. Иди́те княжи́ть и владе́ть на́ми» – с таки́ми слова́ми, е́сли ве́рить ру́сскому летопи́сцу Не́стору, а́втору «По́вести вре́менных лет» (нача́ло XII ве́ка), обрати́лись славя́не, жи́вшие по берега́м о́зера Ильме́нь, к варя́гам. В 862 году́ «пришли́ три бра́та со свои́ми рода́ми», ста́рший из кото́рых, Рю́рик, «сел в Но́вгороде». О варя́жском происхожде́нии ру́сской госуда́рственности, как и о само́м назва́нии «Русь» (от варя́жского «Ruderer», по-фи́нски «Ruotsi», и́ли от назва́ния прито́ка Днепра́ Рось), до сих пор спо́рят исто́рики.

Но так и́ли ина́че, а с Рю́рика начина́ется дина́стия Рю́риковичей, пра́вивших ру́сским госуда́рством до 1598 го́да, когда́ у́мер, не оста́вив насле́дника, слабоу́мный сын Ива́на Гро́зного.

Прее́мник Рю́рика Оле́г в 882 году́ вы́ступил со свое́й дружи́ной из Но́вгорода на юг, захвати́л Ки́ев, кото́рый в то вре́мя был уже́ значи́тельным го́родом, и оста́лся там княжи́ть, назва́в его́ «ма́терью городо́в ру́сских». А Но́вгород стал плати́ть дань Оле́гу.

Но́вгород никогда́ не́ был столи́цей Руси́, но всегда́ занима́л осо́бое положе́ние, противостоя́л «це́нтру» как си́льный, бога́тый и свободолюби́вый го́род. Из Но́вгорода, собра́в дружи́ну и призва́в на по́мощь варя́гов, в 980 году́ пошёл войно́й про́тив бра́та князь Влади́мир, пра́внук Рю́рика. Он за́нял Ки́ев, уби́л бра́та и стал Вели́ким кня́зем (тот са́мый Влади́мир,

Herr Groß-Nowgorod

«Unser Land ist groß und stark, aber in ihm ist keine Ordnung. Kommt als Fürsten und beherrscht uns»: mit diesen Worten wandten sich die Slawen, die an den Ufern des Ilmensees lebten, an die Waräger – wenn man dem russischen Chronisten Nestor, dem Autor der «Chronik der vergangenen Jahre» (Anfang 12. Jahrhundert) Glauben schenken kann. Im Jahre 862 «kamen drei Brüder mit ihren Sippen»; deren ältester, Rurik, «ließ sich in Nowgorod nieder». Die Historiker streiten bis heute über die warägische Herkunft der russischen Staatlichkeit, wie auch über die Bezeichnung «Rus» (vom warägischen «Ruderer», finnisch «Ruotsi», oder vom Namen eines Nebenflusses des Dnjepr, Ros). Aber wie auch immer, mit Rurik nimmt die Dynastie der Rurikiden ihren Anfang. In deren Hand lag die Herrschaft über Russland bis 1598: Da starb der schwachsinnige Sohn Iwans des Schrecklichen, ohne einen Nachfolger hinterlassen zu haben.

Ruriks Nachfolger Oleg zog 882 mit seinem Gefolge von Nowgorod in Richtung Süden, riss Kiew, das damals schon eine bedeutende Stadt war, an sich und blieb dort als Fürst. Kiew nannte er «Mutter der russischen Städte». Nowgorod wurde Kiew tributpflichtig.

Nowgorod war nie Hauptstadt von Russland, aber hatte immer eine Sonderstellung, stand dem jeweiligen «Zentrum» als starke, reiche und freiheitliebende Stadt gegenüber. Aus Nowgorod zog Fürst Wladimir, der Urenkel Ruriks (er hatte Gefolgschaft um sich versammelt und die Waräger zu Hilfe gerufen), 980 in den Krieg gegen seinen Bruder, eroberte Kiew, brachte den Bruder um und wurde Großfürst. (Es war eben derselbe Wladimir, der später Russland christianisierte

кото́рый по́зже крести́л Русь и был причи́слен правосла́вной це́рковью к ли́ку святы́х). Его́ сын Яросла́в получи́л от отца́ Но́вгород во владе́ние, но отказа́лся плати́ть дань Ки́еву. То́лько внеза́пная смерть Влади́мира останови́ла кара́тельный похо́д про́тив своево́льных новгоро́дцев. По́сле жесто́кой двадцатиле́тней войны́ ме́жду сыновья́ми Влади́мира (а их бы́ло двена́дцать, и почти́ все от ра́зных жён, к тому́ же ра́зных национа́льностей) в Ки́еве сел кня́жить новгоро́дский Яросла́в (1036). На э́тот раз то́же не обошло́сь без по́мощи варя́гов.

По́зже Яросла́ва прозва́ли Му́дрым: в его́ правле́ние появи́лась древнеру́сская литерату́ра, иску́сство, пра́во, династи́ческие свя́зи с Евро́пой. При нём бы́ли постро́ены Софи́йские собо́ры в Ки́еве и Но́вгороде.

Когда́ во второ́й полови́не XII ве́ка власть ки́евского кня́зя осла́бла и Русь ста́ла распада́ться на не́сколько отде́льных кня́жеств, пе́рвым доби́лся незави́симости Но́вгород. Он стал сувере́нной респу́бликой, где важне́йшие вопро́сы, включа́я вы́боры кня́зя и городско́го прави́теля, реша́ло собра́ние жи́телей го́рода – «ве́че».

В то вре́мя, когда́ в Ита́лии возника́ли пе́рвые города́-респу́блики, «Господи́н Вели́кий Но́вгород» владе́л зе́млями всей Се́верной Руси́ – за Оне́гой, по Се́верной Двине́ и на се́верном Ура́ле. В его́ рука́х находи́лась торго́вля с остзе́йскими города́ми – он стоя́л на легенда́рном пути́ «из варя́г в гре́ки». С нача́ла XII ве́ка здесь обоснова́лись неме́цкие купцы́, а по́зже была́ откры́та конто́ра Га́нзы.

und von der orthodoxen Kirche in den Kreis der Heiligen aufgenommen wurde.) Sein Sohn Jaroslaw erhielt vom Vater die Stadt Nowgorod zum Besitz, aber er weigerte sich, an Kiew Tribut zu zahlen. Nur der unerwartete Tod Wladimirs stoppte einen Vergeltungsfeldzug gegen die eigenwilligen Nowgoroder. Nach einem fürchterlichen zwanzigjährigen Krieg zwischen Wladimirs Söhnen (davon gab es zwölf, fast alle von verschiedenen Frauen noch dazu verschiedener Nationalität) ließ sich der Nowgoroder Jaroslaw 1036 als Fürst in Kiew nieder. Auch diesmal war es nicht ohne Hilfe der Waräger abgegangen.

Später erhielt Jaroslaw den Beinamen «der Weise»: in seine Regierungszeit fielen die Anfänge der altrussischen Literatur und Kunst, des Rechtswesens, dynastischer Beziehungen zu Europa. Unter ihm wurden die Sophienkirchen in Kiew und Nowgorod gebaut.

Als in der zweiten Hälfte des 12. Jahrhunderts die Macht des Kiewer Fürsten schwächer wurde und die Rus in ein paar Teil-Fürstentümer zerfiel, erlangte Nowgorod als erstes die Unabhängigkeit. Es wurde souveräne Republik; die wichtigsten Fragen, einschließlich der Wahl des Fürsten und der Stadtregierung, entschied die Versammlung der Stadtbewohner, das «Wetsche». Zu dieser Zeit, als in Italien die ersten Stadt-Republiken entstanden, beherrschte «Herr Groß-Nowgorod» die Länder der ganzen nördlichen Rus – östlich der Onega, an der Nördlichen Dwina und im Nord-Ural. In «Herrn Groß-Nowgorods» Händen war der Handel mit den Ostseestädten – Nowgorod lag auf dem sagenumwobenen Weg «von den Warägern zu den Griechen». Seit Anfang des 12. Jahrhunderts hatten sich hier deutsche Kaufleute niedergelassen, und später wurde ein Hansekontor eröffnet.

В 1169 году́ но́вой столи́цей древнеру́сского госуда́рства стал Влади́мир, кото́рый был зало́жен на берегу́ реки́ Кля́зьмы в 1108 году́. Попы́тки влади́мирских князе́й покори́ть Но́вгород два́жды потерпе́ли неуда́чу – новгоро́дцы уме́ли воева́ть. Но когда́ в 1240 году́ войска́ монго́льского ха́на Баты́я, кото́рые до э́того за́няли и сожгли́ 49 из 74 ру́сских городо́в, подошли́ к Но́вгороду, горожа́не предпочли́ доброво́льно плати́ть дань и спасти́ го́род от разруше́ния. Сохрани́в хоро́шие отноше́ния с ха́ном, новгоро́дский князь Алекса́ндр суме́л собра́ть во́йско и отрази́л нападе́ние с се́вера шве́дов и ры́царей Тевто́нского о́рдена. Реша́ющее сраже́ние произошло́ на Неве́, по́сле чего́ Алекса́ндра ста́ли называ́ть Не́вским.

В 1252 году́ Алекса́ндр сообщи́л ха́ну о гото́вящемся про́тив Золото́й Орды́ сою́зе ру́сских князе́й. Хан разби́л ру́сские войска́, а Алекса́ндр Не́вский получи́л «ярлы́к» – пра́во на вели́кое княже́ние во Влади́мире.

В XIV ве́ке возвы́силось Моско́вское кня́жество, и Москва́ взяла́ на себя́ роль «собира́теля ру́сских земе́ль». Моско́вский князь Дми́трий Донско́й, одержа́вший в 1380 году́ пе́рвую побе́ду над монго́ло-тата́рами, суме́л заня́ть Но́вгород и опустоши́л его́. Век спустя́ Ива́н III, пра́внук Дми́трия, заста́вил новгоро́дцев отказа́ться от мно́гих террито́рий, ликвиди́ровал их полити́ческие институ́ты и присла́л в го́род своего́ наме́стника. Он приказа́л перевезти́ в Москву́ вечево́й ко́локол – си́мвол новгоро́дской свобо́ды. В 1494 году́ закры́ла свою конто-

1169 wurde Wladimir, das 1108 am Fluss Kljasma gegründet worden war, neue Hauptstadt des altrussischen Staates. Zweimal scheiterten die Fürsten von Wladimir mit ihren Versuchen, Nowgorod zu erobern – die Nowgoroder verstanden zu kämpfen. Aber als 1240 die Truppen des mongolischen Khans Batu, die damals schon 49 der 74 russischen Städte besetzt und niedergebrannt hatten, gegen Nowgorod vorrückten, zogen es die Bürger vor, freiwillig Tribut zu zahlen, um die Stadt vor der Zerstörung zu bewahren. Der Nowgoroder Fürst Alexander stellte eine gute Beziehung zum Khan her; so konnte er eine Truppe sammeln und die Invasion der Schweden und des Deutschen Ritterordens im Norden abwehren. Die entscheidende Schlacht fand an der Newa statt, und von da an hatte Alexander den Beinamen «Njewskij». 1252 berichtete Alexander dem Khan, dass russische Fürsten sich gegen dessen Goldene Horde zusammengeschlossen hätten. Der Khan zerschlug die russischen Truppen, und Alexander Njewskij erhielt einen «Jarlyk» – einen Gnadenbrief, der ihn zum Großfürsten in Wladimir ernannte.

Im 14. Jahrhundert gewann das Moskauer Fürstentum Bedeutung, und Moskau übernahm die Rolle des «Sammlers russischer Länder». Der Moskauer Fürst Dimitrij Donskoj, der 1380 den ersten Sieg über die Mongol-Tartaren errungen hatte, konnte Nowgorod einnehmen und verwüstete es. Ein Jahrhundert später zwang Iwan III., ein Urenkel von Dimitrij, die Nowgoroder, auf einen großen Teil ihres Staatsgebietes zu verzichten, löste ihre politischen Institutionen auf und schickte einen Statthalter nach Nowgorod. Er befahl, die Wetsche-Glocke, Sinnbild der Nowgoroder Freiheit, nach Moskau zu bringen. 1494 schloss die Hanse ihr

ру в Нӧвгороде Га̇нза. Окончательно покорйл Нӧвгород Ива̇н IV Грӧзный во время кровавого похода против гордого города, в котором он видел опасного врага.

Во время второй мировой войны были разрушены многие соборы древнего города (среди них – Софийский), погибли уникальные фрески, написанные Феофаном Греком.

Чёрная кошка и пустое ведро

Русские люди довольно суеверны, даже когда они в этом не признаются. Существуют множество примет, по которым человек определяет, что ждёт его в будущем, и предписаний, как себя вести, чтобы отвратить зло или, наоборот, не спугнуть повернувшуюся к тебе лицом фортуну.

Так, встретить на улице женщину с пустым ведром – к неудаче, к «пустым хлопотам». Раз-

Kontor in Nowgorod. Endgültig unterworfen wurde Nowgorod von Iwan IV. dem Schrecklichen in einem blutigen Feldzug gegen die stolze Stadt, in der er einen gefährlichen Widersacher sah.

Im zweiten Weltkrieg wurden viele Kirchen der Altstadt zerstört (unter ihnen die Sophienkathedrale). Dabei gingen einzigartige Fresken verloren, gemalt von Theophanes dem Griechen.

Schwarze Katze und leerer Eimer

Die Russen sind ganz schön abergläubisch, auch wenn sie es nicht zugeben. Es gibt eine Reihe von Vorzeichen, aus denen man ablesen kann, was einen in der Zukunft erwartet, und Regeln, wie man sich verhalten muss, um Böses abzuwenden – oder umgekehrt: um das Glück, wenn es einem lacht, nicht zu verjagen.

So bringt es Unglück oder «nutzlose Scherereien», wenn man auf der Straße einer Frau mit einem leeren Eimer begegnet. Einen Spiegel zerbrechen bedeutet

би́ть зе́ркало – к сме́рти ро́дственника и́ли бли́зкого челове́ка. Рассы́пать соль – к ссо́ре.

Лу́чше не намеча́ть ничего́ серьёзного на 13 число́, к тому́ же е́сли э́то ещё и пя́тница – уда́чи наверняка́ не бу́дет.

Е́сли чёрная ко́шка перебежи́т доро́гу, то лу́чше пойти́ други́м путём. Е́сли Вы забы́ли что́-нибудь до́ма, то не возвраща́йтесь – «возвраща́ться – плоха́я приме́та», «доро́ги не бу́дет».

Что́бы отвести́ от себя́ неуда́чу и́ли что́бы «не сгла́зить», ну́жно постуча́ть по де́реву и́ли три́жды плю́нуть че́рез ле́вое плечо́.

Есть и хоро́шие приме́ты: уви́деть паука́ – получи́ть прия́тное изве́стие, че́шется пра́вая рука́ – получи́ть де́ньги (пра́вда, е́сли че́шется ле́вая – придётся отдава́ть), а е́сли че́шется нос, то не избежа́ть Вам в ближа́йший ве́чер приёма алкого́ля. Е́сли кто́-нибудь чихну́л во вре́мя разгово́ра, то ска́занное – ве́рно.

Е́сли неуда́ча прошла́ стороно́й и страх был напра́сным, то ру́сский челове́к кре́стится и говори́т «сла́ва Бо́гу!». Он кре́стится и когда́ беда́ то́лько надвига́ется. Хотя́ поро́й он не ви́дит (и́ли не хо́чет ви́деть) опа́сности: «Гром не гря́нет – мужи́к не перекре́стится». Друга́я посло́вица говори́т об э́том сво́йстве не ду́мать напере́д так: «Ру́сский мужи́к за́дним умо́м кре́пок».

Ру́сские же́сты ча́сто совпада́ют с же́стами други́х наро́дов: покру́чивание па́льцем у виска́, угро́за указа́тельным па́льцем, почёсывание заты́лка. Но есть и своеобра́зные же́сты: по́дня-

den Tod eines Verwandten oder anderen nahestehenden Menschen. Salz verschütten bringt Streit.

Für den Dreizehnten nimmt man sich lieber nichts Ernsthaftes vor, noch dazu wenn er ein Freitag ist; es kommt bestimmt nichts Gutes dabei heraus. Wenn eine schwarze Katze über die Straße läuft, geht man lieber einen anderen Weg. Wenn man irgendetwas zuhause vergessen hat, sollte man nicht umkehren, denn «Zurückkommen ist ein schlechtes Vorzeichen», es wird dann «keinen Weg mehr geben».

Um das Unglück von sich abzulenken oder um es «nicht herbeizuhexen», muss man auf Holz klopfen oder dreimal über die linke Schulter spucken.

Es gibt auch gute Vorzeichen: Eine Spinne zu sehen bedeutet eine gute Neuigkeit; juckt die rechte Hand, bekommt man Geld (wenn allerdings die linke Hand juckt, wird man Geld ausgeben müssen); wenn die Nase juckt, werden Sie einer größeren Dosis Alkohol am Abend diese Tages nicht entgehen. Wenn jemand während einer Unterhaltung niest, so ist das unmittelbar davor Gesagte wahr.

Wenn ein Unglück vorübergegangen ist und die Angst unbegründet war, bekreuzigt sich ein Russe und sagt «Gott sei Dank!». Er bekreuzigt sich auch schon, wenn er nur meint, daß ein Unheil heraufzieht. Manchmal kann (oder will) er die Gefahr nicht sehen: «Grollt kein Donner, bekreuzigt sich der Mensch nicht». Ein anderes Sprichwort benennt diesen Charakterzug, nicht vorauszudenken, folgendermaßen: «Besonders schlau ist der Russe immer hinterher.»

Die Gesten der Russen stimmen vielfach mit den Gesten anderer Völker überein: Den Finger an der Schläfe drehen, mit dem Zeigefinger drohen, sich am Hinterkopf kratzen. Es gibt aber auch Gesten, die den

тый вверх большой палец сложенной в кулак руки означает одобрение, пощёлкивание по вытянутой шее – употребление спиртного.

Можно всегда узнать иностранца по тому, как он считает: ведь русские при счёте загибают пальцы, начиная с мизинца.

Княгиня Ольга

В 912 году киевским князем стал сын Рюрика Игорь. В это время восточные славяне ещё были разделены на относительно самостоятельные племена: по реке Оке жили вятичи, вдоль Днепра поляне, у озера Ильмень – ильменские славяне, а в лесах по берегам Припяти – древляне. Древляне платили дань киевскому князю.

В год 6453 (945 по христианскому календа-

Russen eigentümlich sind: Den Daumen der zur Faust geballten Hand in die Höhe strecken bedeutet Zustimmung, Fingerschnalzen am vorgestreckten Hals bedeutet Konsum von Spirituosen. Man kann einen Ausländer immer daran erkennen, wie er zählt; denn die Russen biegen beim Zählen die Finger um, und zwar beginnend mit dem kleinen Finger.

Fürstin Olga

Igor, der Sohn Ruriks, wurde 912 Fürst von Kiew. Damals waren die Ostslawen noch in verhältnismäßig selbständige Stämme geteilt: An der Oka lebten die Wjatitschen, am Dnjepr die Poljanen, am Ilmensee die Ilmenslawen, und in den Wäldern an den Ufern des Pripet die Derewljanen. Die Derewljanen waren dem Kiewer Fürsten abgabepflichtig.

Im Jahre 6453 (945 nach christlichem Kalender) – so

рю) – как сообщает летописец Нестор – сказала дружина Игорю: «Пойдём, князь, с нами за данью, и себе добудешь, и нам.» И пошли они за данью, и взяли её, и «творили насилие» над древлянами.

Когда возвращались в Киев, сказал Игорь: «Идите с данью домой, а я вернусь и пособираю ещё». И был князь с малою дружиною, и убили его древляне.

Ольга, жена Игоря, была с малолетним сыном в Киеве. Прислали к ней древляне лучших мужей своих, числом двадцать, чтобы просить её стать женой древлянского князя. Приплыли послы по Днепру в ладье к Киеву. «Любезна мне речь ваша, – ответила им княгиня. –

Мужа моего мне уже не воскресить.» И сказала послам, что окажет им честь перед людьми своими, и что понесут их прямо в ладье на княжеский двор. А сама велела вырыть на дворе яму глубокую, и сбросили туда послов, и закопали живыми.

Послала Ольга к древлянам, которые ничего не знали о том, что случилось, говоря, чтобы собрали ещё раз лучших мужей и прислали за ней: иначе не отпустят её киевляне. И велела вторым послам, когда пришли, сначала вымыться в бане. И запалила баню, и сожгла их.

И послала к древлянам снова со словами: «Вот уже иду к вам, приготовьте меды многие у того города, где убили мужа моего, да поплачусь на могиле его и сотворю тризну по своём муже.» И когда сделали, как она хотела, то на-

berichtet der Chronist Nestor – sagte Igors Gefolgschaft zu ihm: «Gehen wir, Fürst, miteinander um Tribut! Dir selber wirst du förderlich sein, und uns auch.» Und sie gingen um Tribut, und nahmen ihn, und «taten Zwang» unter den Derewljanen. Als sie nach Kiew zurückkehren wollten, sagte Igor: «Geht heim mit dem Tribut, ich kehre um und sammle noch etwas.» Da hatte der Fürst nur noch wenig Gefolgschaft, und es erschlugen ihn die Derewljanen.

Olga, Igors Gemahlin, war mit dem minderjährigen Sohn in Kiew. Die Derewljanen schickten ihre besten Männer zu ihr, zwanzig an der Zahl, um sie zu bitten, die Frau des Derewljanenfürsten zu werden. Die Gesandten fuhren in einem Boot auf dem Dnjepr nach Kiew. «Eure Rede gefällt mir wohl,» antwortete ihnen die Fürstin, «meinen Mann kann ich doch nicht wieder zum Leben erwecken.» Sie sagte den Gesandten, sie wolle ihnen vor den Kiewern die Ehre erweisen, und man möge sie geradewegs in ihrem Boot zum Fürstenhof tragen. Aber sie selber befahl, im Hof eine tiefe Grube auszuheben, und dahinein wurden die Gesandten geworfen und lebendig begraben.

Olga schickte zu den Derewljanen, die nichts wussten von dem, was geschehen war, und ließ sagen, sie sollten noch einmal ihre besten Männer auswählen und zu ihr schicken: sonst würden die Kiewer sie nicht fortlassen. Sie befahl den zweiten Gesandten, als sie ankamen, sich zuerst im Bad zu waschen, und steckte das Bad an und verbrannte die Männer.

Dann schickte Olga wieder zu den Derewljanen mit den Worten: «Nun komme ich also zu Euch. Bereitet vielerlei Met bei der Stadt, wo mein Mann erschlagen worden ist, und ich werde an seinem Grab weinen und einen Leichenschmaus halten zum Gedenken an mei-

пои́ла древля́н и приказа́ла дружи́не руби́ть их. «И иссекли́ их пять ты́сяч.» О́льга же верну́лась в Ки́ев и собрала́ во́йско, и «пошла́ на дере́вскую зе́млю». «Древля́не затвори́лись в го́роде и кре́пко боро́лись из го́рода, и́бо зна́ли, что … не́ на что им наде́яться по́сле сда́чи.» О́льга же сказа́ла им: «Бо́льше уже́ не хочу́ мстить, хочу́ то́лько взять с вас небольшу́ю дань – по три го́лубя и по три воробья́ с ка́ждого двора́.»

И посла́ли их к О́льге «с покло́ном». И приказа́ла привяза́ть к ка́ждой пти́це ни́точку с тру́том и отпусти́ть их до́мой. И сгоре́л дотла́ дере́вский го́род, и так в после́дний раз отомсти́ла О́льга за му́жа своего́, И́горя.

Ба́ня

В «По́вести вре́менных лет» есть леге́нда о посеще́нии ру́сской земли́ апо́столом Андре́ем.

«И пришёл он к славя́нам, – говори́тся в ле́тописи, – и уви́дел живу́щих там люде́й – како́в их обы́чай, и как мо́ются и хле́щутся, и удиви́лся им. И отпра́вился в страну́ варя́гов, и пришёл в Рим, и пове́дал о том, как учи́л и что ви́дел, и рассказа́л: ‹Удиви́тельное ви́дел

nen Mann.» Als die Derewljanen getan hatten, wie Olga wollte, machte Olga sie betrunken und befahl ihrem Gefolge, sie niederzumetzeln. «Und sie hauten ihrer fünftausend in Stücke.» Olga aber kehrte zurück nach Kiew und sammelte ein Heer, und «ging ins Derewljanenland». «Die Derewljanen schlossen sich in ihrer Stadt ein und kämpften stark aus der Stadt, denn sie wussten, dass ... sie nach der Übergabe keine Hoffnung hätten.» Olga aber sagte: «Weiter will ich keine Rache üben, nur einen kleinen Tribut von euch nehmen – drei Tauben und drei Sperlinge von jedem Hof.» Das schickten sie an Olga «mit einer Verneigung». Olga befahl, an alle Vögel Fädchen mit Zunder zu binden und sie heimfliegen zu lassen. Da brannte die Derewljanenstadt ganz nieder. So nahm Olga zum letzten Mal Rache für ihren Gemahl Igor.

Das Dampfbad

In der Nestor-Chronik steht die Legende vom Besuch des Apostels Andreas auf russischem Boden.

«Und er kam zu den Slawen», heißt es in der Chronik, «und sah die Leute, die dort lebten: ihre Gewohnheiten und wie sie sich waschen und peitschen; und er wunderte sich darüber. Und er machte sich auf ins Land der Waräger, und kam nach Rom, und berichtete, wie er gepredigt und was er gesehen hatte,

я в Славя́нской земле́ на пути́ своём сюда́. Ви́дел ба́ни деревя́нные, и разожгу́т их докрасна́, и разде́нутся, и бу́дут наги́, и обольются ква́сом коже́венным, и подни́мут на себя́ молоды́е пру́тья, и бьют себя́ са́ми, и до того́ себя́ добью́т, что едва́ слёзут, е́ле живы́е, и тогда́ оболью́тся водо́ю студёною, и то́лько так оживу́т.»

Был апо́стол Андре́й в ру́сской земле́ и́ли нет – доказа́ть нельзя́, но неопровержи́м факт существова́ния ру́сских бань уже́ в глубо́кой дре́вности, по кра́йней ме́ре в XII ве́ке, когда́ писа́лась ле́топись. Вероя́тно, первонача́льно э́то был язы́ческий культ, своеобра́зный религио́зный очисти́тельный обря́д, кото́рый со вре́менем стал бытово́й привы́чкой.

Не́ было на Руси́ ни одного́ го́рода без обще́ственных бань, ни одного́ кня́жеского и́ли ца́рского дворца́ без своей «мы́льни». В не́которых истори́ческих докуме́нтах мы нахо́дим описа́ние ца́рской ба́ни и, наприме́р, мытья́ Ива́на Гро́зного пе́ред пе́рвой его́ сва́дьбой, как мы́лись с ним зна́тные сано́вники, как други́е прислу́живали ему́, тре́тьи пла́тье царю́ подава́ли. Неме́цкий путеше́ственник Олеа́рий, побыва́вший в Росси́и в XVII ве́ке, утвержда́л, что ру́сские в Лжедми́трии иностра́нца узна́ли, потому́ что ба́ню не люби́л. Он же писа́л, что на Руси́ при́нято угоща́ть прие́зжего челове́ка ба́ней, как хле́бом-со́лью.

Ба́ню люби́ли и лю́бят. В ней от всех боле́зней избавля́ются, про неё погово́рки скла́дывают: «Когда́ бы не ба́ня, все бы мы пропа́ли».

und erzählte: ‹Erstaunliches habe ich auf meinem Weg hierher im slawischen Land gesehen. Ich habe hölzerne Bäder gesehen; sie heizen sie bis zur Rotglut der Öfen; sie ziehen sich aus, und wenn sie nackt sind, übergießen sie sich mit Gerberkwass, und erheben junge Gerten gegen sich und schlagen sich selbst; sie schlagen sich halbtot, so dass sie kaum noch heruntersteigen können; dann übergießen sie sich mit eiskaltem Wasser, und nur so beleben sie sich wieder.›»

Ob der Apostel Andreas auf russischem Boden war oder nicht, ist nicht nachzuweisen; aber unstreitig gab es nordrussische Dampfbäder schon in tiefer Frühzeit, zumindest im 12. Jahrhundert, als die Chronik aufgezeichnet wurde. Wahrscheinlich war es ursprünglich ein heidnischer Kult, ein eigenartiger Reinigungsritus, der mit der Zeit Lebensgewohnheit wurde.

In Russland gab es keine einzige Stadt ohne öffentliche Bäder, keinen Fürsten- oder Zarenpalast ohne «Seifenstube». In einigen historischen Dokumenten finden wir Schilderungen des Zarendampfbades, zum Beispiel eine Beschreibung des Bades von Iwan dem Schrecklichen vor seiner ersten Hochzeit, wie mit ihm vornehme Würdenträger badeten, wie andere ihm aufwarteten und wieder andere ihm die Kleider reichten. Der deutsche Reisende Olearius, der im 17. Jahrhundert Russland besuchte, behauptete, dass die Russen den Falschen Dimitrij als Ausländer erkannten, weil er das Dampfbad nicht mochte. Olearius schrieb auch, dass es in Russland üblich war, einem Ankommenden ein Bad anzubieten, wie Brot und Salz.

Das Dampfbad war und ist beliebt. Im Dampfbad wird man von allen Krankheiten geheilt. Es gibt geflügelte Worte über das Dampfbad: «Wenn es das Bad nicht gäbe, wären wir alle verloren.»

Ба́ню обы́чно ста́вят на берегу́ реки́, пру́да и́ли о́зера. Гла́вное помеще́ние в ба́не – пари́лка, с пе́чкой, на кото́рой уло́жены ка́мни. Печь то́пят, ка́мни раскаля́ются и, е́сли их обли́ть водо́й, а ещё лу́чше – ква́сом и́ли отва́ром из трав – дают пар.

Е́сли «хорошо́ подда́ть па́ру», то тру́дно вы́сидеть в парно́й бо́льше не́скольких мину́т. Пар пробира́ет до косте́й. Одна́ко, как говори́тся, «пар косте́й не ло́мит», «ба́ня без па́ра, что щи без нава́ра».

Вот тут-то наступа́ет моме́нт, про кото́рый говоря́т: «В ба́не ве́ник доро́же де́нег». Ра́нним ле́том сре́занные то́нкие и не́жные ве́тки берёз, свя́занные и распа́ренные в кипятке́, наполня́ют пари́лку необыкнове́нным за́пахом. Во́здух в ба́не целе́бен.

Хле́щут себя́ лю́ди по бока́м и спине́, и выхо́дит вся «хворь» из органи́зма. А е́сли по́сле э́того нырну́ть в про́рубь, обтере́ться сне́гом (е́сли Вы на да́че у друзе́й) и́ли, на худо́й коне́ц, в бассе́йн с холо́дной водо́й (е́сли Вы, наприме́р, в знамени́тых моско́вских Сандуна́х), – то уже́ никогда́ не смо́жешь отказа́ться от ру́сской ба́ни.

«С лёгким па́ром!»

Meist wurde das Dampfbad am Ufer eines Flusses, Teiches oder Sees gebaut. Der wichtigste Raum im Bad ist die Schwitzkammer mit dem Ofen, auf dem Steine gestapelt sind. Man heizt den Ofen an, die Steine werden heiß, und wenn man sie mit Wasser übergießt (noch besser mit Kwass oder einem Kräuter-Aufguss), steigt Dampf von ihnen auf. Wenn «gut angefeuert» wird, kann man es kaum länger als ein paar Minuten aushalten. Der Dampf dringt bis auf die Knochen. Doch es heißt: «Dampf bricht die Knochen nicht» und «Bad ohne Dampf ist wie Kohlsuppe ohne Fett».

Und dann kommt der Moment, wo die Redensart gilt: «Im Bad ist eine Rute wertvoller als Geld». Im Frühsommer geschnittene feine, zarte Birkenzweige, zu Ruten gebündelt und in einem Aufguss eingeweicht, erfüllen die Schwitzkammer mit einzigartigem Duft. Die Luft im Bad ist heilkräftig. Die Leute schlagen sich auf Hüften und Rücken, und alle «Wehwehchen» entweichen dem Körper. Wenn man dann noch in ein Eisloch taucht und sich mit Schnee abreibt (sofern man bei Freunden auf der Datscha ist), oder wenigstens in ein Becken mit kaltem Wasser springt (sofern man zum Beispiel in einem der berühmten Moskauer Sandunow-Bäder ist): dann weiß man, dass man nie mehr ohne russisches Dampfbad auskommen kann.

«Angenehmen Dampf!»

Испыта́ние вер

В конце́ X ве́ка Ки́евская Русь была́ дово́льно непро́чным объедине́нием славя́нских племён. Что́бы, с одно́й стороны́, укрепи́ть госуда́рство, а с друго́й – поста́вить его́ в оди́н ряд со страна́ми Евро́пы и А́зии, ки́евский князь Влади́мир реши́л отказа́ться от почита́ния многочи́сленных племенны́х язы́ческих бого́в и ввести́ еди́ную госуда́рственную рели́гию.

В ру́сских ле́тописях есть удиви́тельный расска́з об «испыта́нии вер».

Князь устро́ил своеобра́зный ко́нкурс. Пе́ред ни́м прошли́ христиа́не из Ри́ма и из Виза́нтии, мусульма́не, хаза́рские иуде́и и гре́ческие фило́софы. Лу́чшие пропове́дники прочита́ли пе́ред дворо́м про́поведи, в кото́рых объясня́ли осо́бенности свое́й ве́ры и её ва́жность. Одна́ко одно́й про́поведи ма́ло. «Лу́чше оди́н раз уви́деть, чем сто раз услы́шать.» Влади́мир посла́л «де́сять муже́й до́брых и смысле́нных» посмотре́ть, в како́м о́блике предстаёт ка́ждая из рели́гий у себя́ до́ма. Посла́нцы испо́лнили прика́з и верну́лись в Ки́ев. О мусульма́нах они́ сказа́ли ко́ротко: «Несть весе́лья в них.» Лати́нский обря́д не доста́вил эстети́ческого удовлетворе́ния: «Красоты́ не ви́дехом нико́еяже.» Иуде́йская ве́ра то́же не привлекла́ их. Богослуже́ние же в Константино́поле порази́ло киевля́н: «Не зна́ем, на не́бе ли бы́ли мы, и́ли на земле́, и́бо нет на земле́ тако́го ви́да и тако́й красоты́, и мы не зна́ем, как рассказа́ть об э́том; то́лько зна́ем, что там Бог с челове́ком пребыва́ет, и богослуже́ние их лу́чше, чем во

Die Christianisierung Russlands

Ende des 10. Jahrhunderts war die Kiewer Rus ein ziemlich wackeliger Zusammenschluss slawischer Stämme. Um einerseits den Staat zu festigen und ihn andererseits den Ländern Europas und Asiens einzureihen, beschloss Fürst Wladimir von Kiew, der Anbetung zahlreicher heidnischer Stammesgötter abzusagen und eine einheitliche Staatsreligion einzuführen.

In den russischen Chroniken gibt es die merkwürdige Geschichte von den «Glauben auf Probe».

Der Fürst richtete einen eigenartigen Wettbewerb aus. Vor ihm erschienen Christen aus Rom und aus Byzanz, Muselmanen, chasarische Juden und griechische Philosophen. Jeweils der beste Prediger legte vor dem Hof in einer Predigt dar, was das Besondere und Wichtige an seinem Glauben sei. Nur: eine Predigt sagt zu wenig. «Besser einmal sehen als hundertmal hören.» Wladimir schickte «zehn Männer, gut und klug» los, die sich das Erscheinungsbild jeder Religion in ihrer Heimat ansehen sollten. Die Gesandten führten den Auftrag aus und kamen zurück nach Kiew. Von den Muselmanen sagten sie kurz: «In ihnen ist keine Heiterkeit.» Der lateinische Ritus hatte die Sinne nicht befriedigt: «Wir haben keinerlei Schönheit gesehen.» Den jüdischen Glauben fanden sie auch nicht anziehend. Aber der Gottesdienst in Konstantinopel hatte sie in Staunen versetzt: «Wir wissen nicht, waren wir im Himmel oder auf der Erde, denn auf der Erde gibt es so etwas nicht zu sehen und keine solche Schönheit, und wir wissen nicht, wie man davon erzählen kann; wir wissen nur, dass dort Gott beim Menschen verweilt, und ihr Gottesdienst ist besser als

всех ины́х стра́нах.» Вы́бор был сде́лан: в 988 году́ Влади́мир при́нял креще́ние и зате́м крести́л свои́х по́дданных. Ле́тописи расска́зывают, как жесто́ко подавля́лось сопротивле́ние но́вой ве́ре.

Коне́чно, мо́жет быть, э́то то́лько леге́нда. Влади́мир не расце́нивал креще́ние как чи́сто религио́зный акт. Оно́ открыва́ло возмо́жности для созда́ния но́вого пра́ва, обы́чаев, для заимствования у други́х европе́йских стран те́хники, нау́ки и культу́ры. Но почему́ и́менно правосла́вие, то есть византи́йская ветвь христиа́нства? Правосла́вие оставля́ло кня́зю пра́во вме́шиваться в дела́ це́ркви. В правосла́вной це́ркви, в отли́чие от католи́ческой, разреша́лось вести́ богослуже́ние на поня́тном языке́, и мо́жно бы́ло испо́льзовать сде́ланные за век до э́того перево́ды литурги́ческих те́кстов на славя́нский язы́к.

Кро́ме того́, расту́щее и уже́ дово́льно мо́щное древнеру́сское госуда́рство не раз успе́шно воева́ло с Византи́ей и, по мы́сли кня́зя, не теря́ло свое́й незави́симости, перенима́я от неё рели́гию.

Креще́ние вы́звало стреми́тельный расцве́т Ки́евской Руси́: Бы́ли отчека́нены пе́рвые золоты́е и сере́бряные моне́ты, и́зданы пи́сьменные зако́ны, распространи́лась гра́мотность, появи́лась ка́менная архитекту́ра, литерату́ра, ста́ли писа́ться хро́ники, в монастыря́х труди́лись учёные, фило́софы, худо́жники.

in allen anderen Ländern.» Die Wahl wurde getroffen: Im Jahre 988 ließ Wladimir sich und danach seine Untertanen taufen. Die Chroniken berichten, wie furchtbar der Widerstand gegen den neuen Glauben niedergeschlagen wurde.

Natürlich ist das vielleicht nur eine Legende. Wladimir hat die Christianisierung nicht als rein religiöse Handlung gesehen. Sie bot vielmehr die Möglichkeit, neues Recht und neue Bräuche zu schaffen, aus anderen europäischen Ländern Technik, Wissenschaft und Kultur zu übernehmen. Aber warum ausgerechnet die orthodoxe, das heißt die byzantinische Linie des Christentums? Die Orthodoxie ließ dem Fürsten das Recht, sich in die Angelegenheiten der Kirche einzumischen. In der orthodoxen Kirche war es, anders als in der römisch-katholischen, erlaubt, den Gottesdienst in den Landessprachen abzuhalten – und man konnte Übersetzungen liturgischer Texte ins Slawische verwenden, die hundert Jahre vorher angefertigt worden waren. Und schließlich hatte sich der wachsende und recht mächtige altrussische Staat mehrmals in erfolgreichen Kriegen gegen Byzanz behauptet und riskierte nach Ansicht des Fürsten nicht seine Unabhängigkeit, wenn er von Byzanz die Religion übernahm.

Die Christianisierung brachte rasch eine Blüte der Kiewer Rus: Erste goldene und silberne Münzen wurden geprägt, Gesetze schriftlich festgehalten; die Kenntnis des Lesens und Schreibens breitete sich aus, es gab erste Steinbauten, eine Literatur entstand, man begann Chroniken zu schreiben, und in den Klöstern arbeiteten Gelehrte, Philosophen und Künstler.

«Из всех филосо́фских доказа́тельств бытия́ Бо́жия наибо́лее убеди́тельно звучи́т и́менно то, о кото́ром да́же не упомина́ется в учёбниках: Есть «Тро́ица» Рублёва, сле́довательно, есть Вог», – писа́л в нача́ле XX ве́ка ру́сский свяще́нник, учёный и фило́соф Па́вел Флоре́нский.

До XVII ве́ка Русь не зна́ла шко́льной филосо́фии. Но э́то не зна́чит, что здесь не́ было своего́ осмысле́ния бытия́. Центра́льные иде́и древнеру́сской культу́ры вы́ражены в ико́нах. Худо́жник до́лжен был не тро́гать, не обраща́ться к эмо́циям, а свиде́тельствовать об и́стине.

Творе́ние тако́й красоты́ тре́бовала от худо́жника велича́йшей сде́ржанности и отрешённости от всего́ земно́го. «Да молчи́т вся́ка плоть челове́ча. . .» По-гре́чески безмо́лвие – «исихи́а», отсю́да те́рмин «исиха́зм», определя́ющий для древнеру́сского созна́ния.

Большинство́ ру́сских иконопи́сцев бы́ли мона́хами. Мона́хом Спа́со-Андро́никовского монасты́ря в Москве́ был и Андре́й Рублёв. Он распи́сывал Успе́нский собо́р во Влади́мире, писа́л ико́ны для Рожде́ственского собо́ра в Звени́городе, в 1405 году́ рабо́тал в Кремле́ в Благове́щенском собо́ре, вме́сте с византи́йским ма́стером Феофа́ном Гре́ком и Про́хором с Городца́. Для Тро́ицкого монастыря́ (изве́стного бо́льше как Заго́рск) Рублёв написа́л «Тро́ицу».

В правосла́вных хра́мах алта́рь отделён от помеще́ния само́й це́ркви, где стоя́т моля́щиеся,

Russische Ikonen. Andrej Rubljow

«Von allen philosophischen Gottesbeweisen ist ausgerechnet der besonders überzeugend, von dem in keinem Lehrbuch die Rede ist: Es gibt die ‹Dreifaltigkeit› von Rubljow, also gibt es Gott.» Das schrieb Anfang des 20. Jahrhunderts der russische Priester, Gelehrte und Philosoph Pawel Florenskij.

Bis zum 17. Jahrhundert kannte die Rus keine philosophischen Schulen. Aber das heißt nicht, dass es hier kein eigenes Begreifen des Daseins gegeben hätte. Die Grundgedanken der altrussischen Kultur sind in den Ikonenmalereien zum Ausdruck gekommen. Der Künstler sollte nicht rühren, nicht an Gefühle appellieren, sondern Zeugnis von der Wahrheit ablegen.

Eine solche Schönheit zu schaffen forderte vom Künstler äußerste Zurückhaltung und Abgeschiedenheit von allem Irdischen. «Und es schweigt des Menschen Fleisch...». Auf griechisch heißt «Ruhe» «hesychia», daher der Begriff «Hesychasmus», der für das altrussische Bewusstsein charakteristisch ist.

Die meisten russischen Ikonenmaler waren Mönche. Auch Andrej Rubljow war Mönch, und zwar im Erlöser-Andronikow-Kloster in Moskau. Er malte die Kathedrale Mariä Entschlafen in Wladimir aus, schuf die Ikonen für die Kathedrale Mariä Geburt in Swenigorod, arbeitete 1405 in der Kathedrale Mariä Verkündigung im Kreml, zusammen mit dem byzantinischen Meister Theophanes dem Griechen und mit dem Meister Prochor aus Gorodez. Für das Dreifaltigkeitskloster (bekannter unter dem Namen Sagorsk) malte Rubljow die «Dreifaltigkeit».

In den orthodoxen Kirchen ist der Altar vom Kirchenraum, in dem die Betenden stehen, durch die

иконоста́сом. Иконоста́с и его́ две́ри украша́ют ико́ны, располо́женные в пяти́ ряда́х («чина́х»): в деису́сном ряду́ – с ико́нами Спа́са, Богома́тери, Иоа́нна Предте́чи, арха́нгелов и апо́столов; в пра́здничном – с изображе́нием двена́дцати гла́вных пра́здников правосла́вной це́ркви; в ряду́ Проро́ков, в ряду́ Праотцо́в и в ме́стном ряду́. Спра́ва от Святы́х врат в ме́стном ряду́ помеща́ется наибо́лее почита́емая ико́на и́ли «хра́мовая», посвящённая покрови́телю це́ркви.

В Тро́ицком собо́ре на э́том са́мом ва́жном ме́сте иконоста́са нахо́дится рублёвская «Тро́ица», кото́рая писа́лась в па́мять Се́ргия Ра́донежского, основа́теля Тро́ицкого монастыря́. Оте́ц Се́ргий мно́го сде́лал для объедине́ния ру́сских кня́жеств вокру́г Москвы́ в XIV ве́ке.

После́дней рабо́той Андре́я Рублёва была́ ро́спись Спа́сского собо́ра в Андро́никовом монастыре́, где он у́мер в 1430 году́ и где сего́дня нахо́дится Музе́й древнеру́сского иску́сства его́ и́мени.

Ikonostase abgetrennt. Die Ikonostase und ihre Türen sind mit Ikonen geschmückt, die in fünf Reihen («Rängen») angeordnet sind: dem Deesis-Rang mit den Ikonen des Heilands, der Gottesmutter, Johannes des Täufers, der Erzengel und der Apostel; dem Festtagsrang mit Darstellungen der zwölf großen Feste der orthodoxen Kirche; dem Rang der Propheten; dem Rang der Vorväter und schließlich dem lokalen Rang. Rechts von der Heiligen Pforte im lokalen Rang hat die höchstgeachtete Ikone ihren Platz, die «Kirchenikone», die dem Schutzheiligen der Kirche geweiht ist.

In der Dreifaltigkeitskathedrale befindet sich an dieser wichtigsten Stelle der Ikonostase Rubljows «Dreifaltigkeit». Die Ikone ist zum Gedenken an Sergej von Radonjesch, den Gründer des Dreieinigkeitsklosters, gemalt worden. Vater Sergius hatte im 14. Jahrhundert viel für den Zusammenschluss der russischen Fürstentümer um Moskau herum getan.

Die letzte Arbeit von Andrej Rubljow war es, die Erlöserkathedrale im Andronikow-Kloster auszumalen. Dort ist er 1430 gestorben. Heute befindet sich an diesem Ort das nach ihm benannte Museum für Altrussische Kunst.

А́нна Яросла́вна – королёва Фра́нции

В 1048 году́ францу́зский коро́ль Ге́нрих I напра́вил в далёкий Ки́ев пы́шное посо́льство, кото́рое должно́ бы́ло проси́ть у Яросла́ва Му́дрого, Вели́кого ки́евского кня́зя из дина́стии Рю́риковичей, руки́ его́ до́чери А́нны. Коне́чно, бы́ли и в други́х госуда́рствах Евро́пы неве́сты, досто́йные Ге́нриха I. Но, во-пе́рвых, его́ оте́ц Ро́берт был отлучён от це́ркви за жени́тьбу на свое́й ро́дственнице в четвёртом коле́не, и Ге́нрих не хоте́л, что́бы его́ пости́гла та же у́часть. А во-вторы́х, Ки́евская Русь, дости́гшая при Яросла́ве большо́го могу́щества, была́ хорошо́ изве́стна в Евро́пе. За́падный летопи́сец, Ада́м из Бре́мена, называ́ет Ки́ев «украше́нием Восто́ка» и «сопе́рником Константино́поля».

В бра́ке А́нны Яросла́вны и Ге́нриха ничего́ удиви́тельного не́ было: оте́ц Яросла́ва, князь Влади́мир, был жена́т на сестре́ византи́йского импера́тора (пра́вда, добы́л её себе́ си́лой ору́жия). Она́ ста́ла после́дней из его́ двена́дцати жён, по́сле чего́ он при́нял христиа́нство. Сам Яросла́в жени́лся (уже́ вполне́ ми́рно) на до́чери короля́ Шве́ции, а его́ сестра́ ста́ла короле́вой По́льши. Сёстры А́нны Яросла́вны бы́ли за́мужем за короля́ми Ве́нгрии и Норве́гии. Поздне́е внук Яросла́ва жени́лся на до́чери короля́ А́нглии, а вну́чка ста́ла жено́й герма́нского короля́ и импера́тора Свяще́нной Ри́мской импе́рии Ге́нриха IV.

По́сле торже́ственных приёмов и богослуже́ний бы́ло дано́ согла́сие Яросла́ва на брак, и А́нна отпра́вилась че́рез Кра́ков, Пра́гу, Ре́генс-

Anna Jaroslawna, Königin von Frankreich

Im Jahre 1048 schickte der französische König Henri I. ins ferne Kiew eine prächtig ausgestattete Gesandtschaft, die Jaroslaw den Weisen, den Großfürsten von Kiew aus dem Hause der Rurikiden, um die Hand seiner Tochter Anna bitten sollte. Natürlich hätte es auch in anderen europäischen Staaten Prinzessinnen im heiratsfähigen Alter gegeben, die Henris I. würdig gewesen wären. Doch erstens war sein Vater Robert exkommuniziert worden, weil er eine Verwandte vierten Grades geheiratet hatte, und Henri wollte nicht, dass ihn dasselbe Schicksal ereilte. Und zweitens hatte die Kiewer Rus, die zur Zeit Jaroslaws sehr mächtig war, in Europa einen guten Ruf. Ein westlicher Chronist – Adam von Bremen – nennt Kiew «Zierde des Ostens» und «Nebenbuhler Konstantinopels».

An der Ehe von Anna Jaroslawna und Henri war nichts Erstaunliches: Der Vater von Jaroslaw, Fürst Wladimir, war mit der Schwester des Kaisers von Byzanz verheiratet gewesen (freilich hatte er sie sich mit Waffengewalt ertrotzt). Sie wurde die letzte seiner zwölf Frauen, denn nun nahm er das Christentum an. Jaroslaw selber hatte, schon vollkommen friedlich, die Tochter des Königs von Schweden geheiratet, und seine Schwester wurde Königin von Polen. Die Schwestern von Anna Jaroslawna waren die Gemahlinnen der Könige von Ungarn und Norwegen. Später heiratete Jaroslaws Enkel die Tochter des englischen Königs, und seine Enkelin wurde die Ehefrau des deutschen Königs und römischen Kaisers Heinrichs IV..

Nach festlichen Empfängen und Gottesdiensten gab Jaroslaw die Zustimmung zur Ehe, und Anna reiste über Krakau, Prag und Regensburg ins ferne Frank-

бург в далёкую Францию. В кафедральном соборе Реймса состоялось бракосочетание.

У Анны Ярославны было три сына. Старший сын Филипп семи лет был коронован на французский престол. Анна, отказавшись быть регентшей, всё же оставалась главной воспитательницей и руководительницей Филиппа в государственных делах. Имя Анны вместе с именем Филиппа появляется на многих французских документах.

В небольшом городке недалеко от Парижа – Санлисе – Анна основала монастырь по обету, данному ею перед рождением первого сына. До наших дней сохранилась часовня и перед входом в неё памятник Анне, изображающий королеву. На нём написано: «Анна русская, королева французская, основательница собора в 1060 году».

В гостях

Вы идёте в гости к русским друзьям. Было бы неплохо купить цветы для хозяйки дома (обязательно нечётное число), коробку конфет или торт к чаю и бутылку хорошего вина или водки, а ещё лучше коньяка, для хозяина. Когда Вас будут с кем-нибудь знакомить, то лучше выразить свою радость словами: «Очень приятно».

Не удивляйтесь, если ужин начнётся с вод-

reich. In der Kathedrale von Reims fand die Trauung statt.

Anna Jaroslawna bekam drei Söhne. Der älteste, Philipp, wurde im Alter von sieben Jahren zum französischen König gekrönt. Anna verzichtete darauf, Regentin zu werden, blieb aber immer Philipps hauptsächliche Erzieherin und Führerin in staatlichen Angelegenheiten. Annas Name steht zusammen mit dem Namen Philipps auf vielen französischen Dokumenten.

In Senlis, einem kleinen Städtchen in der Nähe von Paris, stiftete Anna ein Kloster, gemäß einem Gelöbnis, das sie vor der Geburt ihres ersten Sohnes geleistet hatte. Bis in unsere Tage ist die Kapelle erhalten geblieben, vor deren Eingang ein Denkmal für Anna steht, das die Königin darstellt. Auf ihm steht: «Die Russin Anna, französische Königin, Stifterin der Kirche im Jahre 1060».

Auf Besuch

Sie gehen zu russischen Freunden auf Besuch. Da wäre es nicht schlecht, Sie kauften Blumen für die Hausfrau (unbedingt eine ungerade Zahl), eine Schachtel Pralinen oder einen Kuchen zum Tee, für den Hausherrn eine Flasche guten Wein oder Wodka, besser noch Cognac. Wenn man Sie mit jemandem bekanntmacht, sollten Sie Ihre Freude aussprechen: «Sehr angenehm».

Wundern Sie sich nicht, wenn das Abendessen mit

ки. Пригото́вьтесь к тому́, что она́ бу́дет сопровожда́ть всё засто́лье. Почти́ все иностра́нцы зна́ют, что ру́сские, поднима́я бока́лы, говоря́т: «На здоро́вье!» В действи́тельности э́то не так. В кра́йнем слу́чае мо́жно сказа́ть: «Ва́ше здоро́вье!»

Но обы́чно ру́сские пьют «за» что́-нибудь: за знако́мство, за встре́чу, за любо́вь, за же́нщин, за здоро́вье имени́нника и́ли всех прису́тствующих. В кругу́ бли́зких друзе́й мо́жно обойти́сь без тосто́в, ко́ротко сказа́в: «пое́хали!» Не отка́зывайтесь, когда́ Вам наполня́ют рю́мку: э́тим Вы оби́дите хозя́ина дома.

Впро́чем, отка́зываться почти́ бесполе́зно, Вам бу́дут насто́йчиво предлага́ть до тех пор, пока́ Вы не согласи́тесь. То же са́мое с едо́й. Вас бу́дут угова́ривать, несмотря́ на Ва́ши проте́сты («Спаси́бо, я не хочу́», «Я уже́ сыт», «Я бо́льше не могу́» и так да́лее). Мо́жет быть поэ́тому счита́ется не о́чень ве́жливым сра́зу соглаша́ться на предложе́ние съесть что-то. Непреме́нно похвали́те хозя́йку: «О́чень вку́сно!», «Бесподо́бно!», «Как Вы э́то гото́вите?» и предложи́те тост за её мастерство́.

Уходя́, благодаря́т хозя́ев за прекра́сный ве́чер и троекра́тно целу́ются.

Золото́е кольцо́

Че́рез стари́нные города́ Росто́в, Яросла́вль, Влади́мир, Су́здаль, Се́ргиев Поса́д (кото́рый до неда́внего вре́мени называ́лся Заго́рск, в честь

Wodka beginnt. Stellen Sie sich darauf ein, dass er die ganze Mahlzeit begleiten wird. Fast alle Ausländer meinen zu wissen, dass die Russen, wenn sie die Gläser heben, «Na sdorovje!» sagen. In Wirklichkeit ist es aber gar nicht so. Notfalls kann man sagen: «Wasche sdorovje! Ihre Gesundheit!». Aber üblicherweise trinken die Russen «auf» irgendetwas: auf die Bekanntschaft, auf das Treffen, auf die Liebe, auf die Frauen, auf die Gesundheit des Festkindes oder aller Anwesenden. Im engen Freundeskreis kann man auch ohne Trinkspruch auskommen, man sagt dann nur kurz: «auf geht's!». Lehnen Sie nicht ab, wenn man Ihnen immer wieder Ihr Schnapsglas vollgießt: Sie würden den Hausherrn kränken.

Übrigens ist es beinahe zwecklos, etwas abzulehnen. Man wird Ihnen beharrlich so lange anbieten, bis Sie einwilligen. Genauso ist es mit dem Essen. Man wird Sie überreden, ohne auf Ihre Proteste zu achten («Danke, ich möchte nicht mehr», «Ich bin schon satt», «Ich kann nicht mehr» und so weiter). Vielleicht deshalb gilt es als nicht besonders höflich, sofort der Aufforderung zu folgen, etwas zu essen. Loben Sie unbedingt die Hausfrau: «Es schmeckt wunderbar!», «Unvergleichlich!», «Wie machen Sie das?» und bringen Sie einen Toast auf ihre Kochkunst aus.

Beim Abschied dankt man den Gastgebern für den wundervollen Abend und küsst sich dreimal mit ihnen.

Der Goldene Ring

Durch die alten Städte Rostow, Jaroslawl, Wladimir, Susdal und Sergiew-Possad (das bis vor kurzem, zu Ehren des Revolutionärs Sagorskij, Sagorsk hieß)

революционе́ра Заго́рского) прохо́дит тури́стский маршру́т «Золото́е кольцо́». Сего́дня э́то ти́хие, ма́ленькие провинциа́льные города́, но когда́-то они́ бы́ли резиде́нциями Вели́ких князе́й, столи́цами уде́льных кня́жеств.

Ма́ло бы́ло таки́х князе́й, кото́рые не хоте́ли стать «вели́ким». Что́бы показа́ть свою́ си́лу, бога́тство и, тем са́мым, пра́во на великокня́жеский престо́л, князья́ стара́лись превзойти́ друг дру́га в строи́тельстве собо́ров и пала́т.

Когда́ Влади́мирский князь Андре́й Боголю́бский в 1169 году́ покори́л Ки́ев, он пригласи́л во Влади́мир лу́чших ру́сских мастеро́в и зо́дчих из Герма́нии и Византи́и. Постро́енные в XII ве́ке Золоты́е воро́та, Успе́нский и Дми́триевский собо́ры должны́ бы́ли затми́ть красоту́ ки́евской Софи́и.

Существу́ет леге́нда о том, как Вели́кий князь пригласи́л ре́зчиков по ка́мню отде́лать его́ пала́ты. Он оста́лся дово́лен рабо́той: мастера́ хорошо́ зна́ли своё де́ло. При проща́нии они́ проговори́лись, что иду́т к мла́дшему бра́ту кня́зя, кото́рый зовёт их, обеща́я мно́го де́нег, и уже́ пригото́вил материа́л для строи́тельства. «Ка́мень-то полу́чше э́того бу́дет, бе́ленький, то́чно снег.» До́рого заплати́ли ре́зчики за свои́ слова́. Отпусти́л их князь, но посла́л свои́х люде́й, приказа́в догна́ть их и осле́пить.

Коне́чно, не всё, что бы́ло постро́ено в XI-XIII века́х, сохрани́лось: что́-то поги́бло во вре́мя тата́ро-монго́льского наше́ствия, что́-то бы́ло по́зже перестро́ено. В XIV-XVII века́х города́ Золото́го кольца́ вошли́ в Моско́вское кня́жество.

verläuft die Touristen-Reiseroute «Der Goldene Ring». Heute sind das stille, kleine Provinzstädte, aber einstmals waren es Residenzstädte von Großfürsten, Hauptstädte von Teilfürstentümern.

Fast jeder dieser Fürsten wollte Großfürst werden. Um ihre Macht, ihren Reichtum, und damit ihr Recht auf einen großfürstlichen Thron zu demonstrieren, überboten sie sich gegenseitig mit dem Bau von Kathedralen und Palästen.

Als Andrej Bogoljubskij, Fürst von Wladimir, 1169 Kiew erobert hatte, lud er die besten Kunsthandwerker Russlands und die besten Baumeister aus Deutschland und Byzanz nach Wladimir ein. Das Goldene Tor, die Kathedrale Mariä Entschlafen und die Dimitrij-Kathedrale, erbaut im 12. Jahrhundert, sollten die Schönheit der Kiewer Sophia in den Schatten stellen.

Von einem Großfürsten wird folgendes erzählt: Er lud Steinmetze ein, seinen Palast auszuschmücken. Er war zufrieden mit ihrer Arbeit: die Meister verstanden ihr Handwerk. Beim Abschied plauderten sie aus, sie gingen jetzt zum jüngeren Bruder des Fürsten; der habe sie gerufen, ihnen viel Geld versprochen und schon das Material für den Bau bereitgestellt. «Der Stein dort soll noch besser sein als dieser hier, ganz weiß, gerade wie Schnee.» Teuer bezahlten die Steinmetze für ihre Worte. Der Fürst entließ sie, schickte aber seine Leute hinter ihnen her mit dem Befehl, sie einzuholen und ihnen die Augen auszustechen.

Natürlich ist nicht alles, was vom 11. bis zum 13. Jahrhundert gebaut wurde, erhalten geblieben. Einiges wurde beim Einfall der Tartaren und Mongolen zerstört, einiges wurde später umgebaut. Im 14. bis 17. Jahrhundert gingen die Städte des Goldenen Rings in das Moskauer Fürstentum ein.

Объединéние рýсских земéль проходи́ло под знáком óбщей правослáвной рели́гии. Удиви́тельное коли́чество собóров и монастырéй, пострóенных в городáх «Золотóго кольцá» в э́то врéмя, мóжно, пожáлуй, сравни́ть с тем, как пóсле создáния в 1922 годý Совéтского Союза на всей егó террито́рии, в кáждом гóроде и кáждой дерéвне был постáвлен пáмятник Лéнину.

Блины́

Никакóе другóе блю́до рýсской кýхни не идёт в сравнéние по своéй популя́рности в нарóде с блинáми.

Трýдно сказáть, когдá впервы́е появи́лись блины́ на нáшем столé, но извéстно, что они́ бы́ли ритуáльным блю́дом ужé у язы́ческих славя́нских нарóдов. В старинý блин сопýтст-

Der Zusammenschluss der russischen Länder stand im Zeichen der gemeinsamen orthodoxen Religion. Die unglaubliche Menge von Kathedralen und Klöstern, die zu dieser Zeit in den Städten des Goldenen Rings gebaut wurden, kann man, mit Verlaub, damit vergleichen, wie 1922 nach der Gründung der Sowjetunion über ihr ganzes Staatsgebiet in jeder Stadt und in jedem Dorf ein Lenin-Denkmal aufgestellt wurde.

Bliny

Kein anderes Gericht der russischen Küche kann sich, was seine allgemeine Beliebtheit angeht, mit den Bliny messen.

Es ist schwer zu sagen, wann zum erstenmal Bliny auf den Tisch kamen, aber es ist bekannt, dass sie schon bei den heidnischen slawischen Völkern eine rituelle Speise waren. In alten Zeiten begleitete der Blin den

вовал челове́ку от рожде́ния (роже́ницу корми́ли блино́м) до сме́рти (обяза́тельное блюдо во вре́мя помина́льных обря́дов).

Мно́го пове́рий и тради́ций свя́зано с блина́ми. Но пре́жде всего́ румя́ный кру́глый блин, напомина́ющий со́лнце – гла́вный атрибу́т Ма́сленицы, са́мого весёлого, разгу́льного весе́ннего пра́здника восто́чнославя́нского календаря́. Ма́сленица продолжа́ется неде́лю, и ка́ждый день име́ет своё назва́ние и свою́ «програ́мму». Блины́ пеку́тся всю неде́лю, но два дня счита́ются осо́бенными. В сре́ду тёща приглаша́ет зя́тя с жено́й «на блины́».

Обы́чно в э́тот день «для удово́льствия люби́мого зятька́» собира́лась на гуля́ние вся ме́стная родня́. Зато́ в пя́тницу, на «тёщины вече́ри», зять угоща́л блина́ми тёщу и те́стя. Ста́ршие приходи́ли к молоды́м, что́бы поучи́ть их уму́-ра́зуму, и пренебреже́ние зя́тя э́той тради́цией могло́ посели́ть ве́чную вражду́ ме́жду ним и тёщей.

Существу́ет мно́го реце́птов блино́в. Пеку́т их из дрожжево́го те́ста и из пре́сного; из пшени́чной, просяно́й, ячме́нной и любо́й друго́й муки́; то́нкие и то́лстые; больши́е и ма́ленькие. Са́мыми вку́сными счита́ются «пу́хлые», ноздрева́тые блины́ из гречи́шной муки́.

Одна́ко гла́вная нау́ка – как и с чем их есть. *Вокру́г напи́тков в худо́жественном поря́дке тесни́лись се́льди с горчи́чным со́усом, ки́льки, смета́на, зерни́стая икра́, све́жая сёмга и про́ч… Блины́ бы́ли поджа́ристые, по́ристые, пу́хлые, как плечо́ купе́ческой до́чки. … Под-*

Menschen sein Leben lang – von der Geburt (der Gebärenden wurden Bliny zu essen gegeben) bis zum Tod (Bliny gehörten unbedingt zum Leichenschmaus).

Viel Volksglauben und Überlieferung ist mit den Bliny verbunden. Besonders eng gehört der rotbackige runde Blin, der wie die Sonne aussieht, zur Karnevalszeit, dem überaus fröhlichen und ausgelassenen Frühlingsfest im ostslawischen Kalender. Die Masleniza dauert eine Woche, jeder Tag hat seinen Namen und seine «Festordnung». Bliny werden die ganze Woche über gebacken, aber zwei Tage sind besonders wichtig: Am Mittwoch lädt die Schwiegermutter ihren Schwiegersohn mit Frau «auf Bliny» ein. Meist versammelt sich an diesem Tag «zur Freude des lieben Schwiegersöhnchens» die örtliche Verwandtschaft zum Familienrummel. Dafür bewirtet der Schwiegersohn am Freitag, dem «Schwiegermutterabend», die Schwiegereltern mit Bliny. Die Alten kommen zu den Jungen, um ihnen ein wenig Sinn und Verstand beizubringen; missachtet der Schwiegersohn diesen Brauch, kann das zu ewiger Feindschaft zwischen ihm und der Schwiegermutter führen.

Es gibt viele Bliny-Rezepte. Man backt Bliny aus Hefeteig und aus ungesäuertem Teig; aus Weizen-, Hirse-, Gersten- oder jedem anderen Mehl; man backt dicke und dünne, große und kleine. Als die allerbesten gelten die «molligen» Buchweizenbliny mit kleinen Poren.

Die Hauptwissenschaft ist, wie und mit was man sie isst. *Um die Getränke drängten sich in kunstvoller Anordnung Heringe in Senfsoße, Sprotten, saure Sahne, schwarzer Kaviar, frischer Lachs und mehr… Die Bliny waren gebräunt, kleinporig und mollig, wie der Oberarm einer Kaufmannstochter. … Runterstopf*

тыкин приятно улыбнулся, икнул от восторга и облил их горячим маслом. Засим, как бы разжигая свой аппетит и наслаждаясь предвкушением, он медленно, с расстановкой, обмазал их икрой. Места, на которые не попала икра, он облил сметаной… Оставалось теперь только есть, не правда ли? Но нет! Подтыкин взглянул на дела рук своих и не удовлетворился. Подумав немного, он положил на блины самый жирный кусок сёмги, кильку и сардинку, потом уж, млея и задыхаясь, свернул оба блина в трубку, с чувством выпил рюмку водки, крякнул, раскрыл рот… Правда, героя чеховского рассказа «О бренности» хватил апоплексический удар, но… Всё же блины надо есть «со смаком»: со сметаной, икрой, солёной рыбой, маслом или с чем-нибудь сладким – мёдом, вареньем, иначе не понять всей прелести этого блюда.

А вот один из редких рецептов блинов – сдобные гречневые. Развести 30 грамм дрожжей в двух стаканах тёплого молока. В кастрюлю всыпать два стакана гречневой муки и влить молоко с дрожжами. Всё хорошо размешать и поставить в тёплое место. Когда тесто поднимется, размешать его деревянной ложкой, влить ещё два стакана молока, всыпать два стакана пшеничной муки и хорошо перемешать. Тесто снова поставить в тёплое место. Растереть три яичных желтка с двумя столовыми ложками растопленного сливочного масла, одной столовой ложкой сахара и щепоткой соли. Когда тесто снова подойдёт, добавить к нему яичные желтки с маслом и перемешать. Взбить

lächelte wohlgefällig, hickste vor Wonne und übergoss sie mit heißer Butter. Dann, als wollte er seinen Appetit schüren und sich am Vorgeschmack ergötzen, bestrich er sie, langsam und hin und wieder innehaltend, mit Kaviar. Die Stellen, auf die kein Kaviar gekommen war, begoss er mit saurer Sahne... Jetzt musste er sie nur noch essen, oder? Aber nein! Runterstopf warf einen Blick auf seiner Hände Werk und gab sich nicht zufrieden. Er dachte kurz nach und legte das allerfetteste Stück Lachs auf die Bliny, auch eine Sprotte und eine Sardine; dann wickelte er, schmachtend und atemlos, beide Bliny zu einer Rolle zusammen, trank mit Gefühl ein Gläschen Wodka, grunzte, machte den Mund auf... Den Helden der Tschechow-Erzählung «Über die Vergänglichkeit» trifft tatsächlich der Schlag, aber es stimmt schon: Man muss Bliny «genüsslich» essen: mit saurer Sahne, Kaviar, eingesalzenem Fisch, Butter, oder mit irgendetwas Süßem – Honig oder Eingemachtem; sonst kann man nicht den ganzen Reiz dieses Gerichtes erfahren.

Hier folgt eines der selteneren Bliny-Rezepte, nämlich für Milch-Buchweizen-Bliny. 30 Gramm Hefe in zwei Gläsern warmer Milch lösen. Zwei Gläser Buchweizenmehl in einen Topf streuen und die Milch mit Hefe dazugießen. Alles gut mischen und an einen warmen Platz stellen. Wenn der Teig aufgegangen ist, ihn mit einem Holzlöffel umrühren, noch zwei Gläser Milch dazugießen, zwei Gläser Weizenmehl hineinstreuen und alles gut mischen. Den Teig wieder an einen warmen Platz stellen. Drei Eigelb mit zwei Esslöffeln zerlassener Butter, einem Esslöffel Zucker und einer Prise Salz verquirlen. Wenn der Teig wieder gegangen ist, Eigelb und Butter zugeben und verrühren. 100 Gramm Sahne schlagen, dazu das Eiweiß

100 грамм сли́вок, доба́вить к ним белки́ и ещё раз взбить. Размеша́ть с те́стом и опя́ть поста́вить в тёплое ме́сто на 15-20 мину́т. Выпека́ть обы́чным спо́собом. Гото́вые блины́ скла́дывают сто́пкой, сма́зывая ка́ждый сли́вочным и́ли топлёным ма́слом, и ста́вят в тёплое ме́сто. Лу́чше всего́ есть блины́ «с пы́лу с жа́ру», сра́зу по́сле того́, как их испекли́.

Тре́тий Рим

Пе́рвым, кто возвы́сил Моско́вское кня́жество и на́чал «собира́ние земе́ль ру́сских» вокру́г Москвы́, был Ива́н Калита́. «Калита́» по-древнеру́сски означа́ло «де́нежный мешо́к». Так прозва́ли моско́вского кня́зя за его́ бога́тство. Хан Золото́й Орды́, в подчине́нии кото́рой Русь находи́лась о́коло трёх столе́тий (XIII-XV ве́ка), поручи́л ему́ сбор да́ни со всех остальны́х ру́сских кня́жеств. Ива́н Калита́ стара́тельно выполня́л почётное зада́ние ха́на, тот мог быть дово́лен. Но и себя́ князь не забыва́л: часть со́бранных де́нег он оставля́л себе́, так что ско́ро он смог скупи́ть и присоедини́ть к Моско́вскому кня́жеству окружа́ющие зе́мли. Хан помо́г ему́ одержа́ть побе́ду над гла́вным сопе́рником Москвы́ – Тве́рью. А в 1328 году́ «посади́л его́ кня́жить» во Влади́мире – столи́це наибо́лее значи́тельного в то вре́мя кня́жества. Одна́ко Ива́н Калита́ был ве́рен Москве́. Он перенёс сюда́ резиде́нцию гла́вного ру́сского священнослужи́теля – митрополи́та, и сам оста́лся здесь. Так Москва́ ста́ла це́нтром госуда́рства,

geben und nochmals schlagen. Mit dem Teig vermischen und wieder für 15 bis 20 Minuten an einen warmen Platz stellen. Ausbacken wie Pfannkuchen. Die fertigen Bliny werden in einem Stapelchen aufeinandergelegt, wobei jeder mit fester oder geschmolzener Butter bestrichen wird, und an einen warmen Platz gestellt. Am besten isst man Bliny «vom Feuer aus der Glut», gleich nach dem Ausbacken.

Das dritte Rom

Der erste, der dem Moskauer Fürstentum zu Bedeutung verhalf und das «Sammeln russischer Länder» rund um Moskau begann, war Iwan I. Kalita. «Kalita» bedeutete auf altrussisch «Geldsack». Diesen Spitznamen trug der Moskauer Fürst wegen seines Reichtums. Der Khan der Goldenen Horde, der die Rus etwa dreihundert Jahre (vom 13. bis zum 15. Jahrhundert) unterstand, hatte ihm die Tributeintreibung aus allen übrigen russischen Fürstentümern anvertraut. Iwan Kalita erfüllte die ehrenhafte Aufgabe des Khans voller Eifer – der konnte zufrieden sein. Aber sich selber vergaß der Fürst auch nicht: Einen Teil des eingetriebenen Geldes behielt er für sich, so dass er bald umliegende Ländereien aufkaufen und dem Moskauer Fürstentum eingliedern konnte. Der Khan verhalf ihm zum Sieg über Moskaus Erzrivalen, die Stadt Twer. Und 1328 setzte er Iwan als Fürsten in Wladimir ein, der Hauptstadt des damals bedeutendsten Fürstentums. Aber Iwan Kalita blieb Moskau treu. Er verlegte die Residenz des Metropoliten, des obersten Geistlichen in Russland, nach Moskau und blieb auch selber dort. So wurde Moskau die Hauptstadt eines Staates,

объедини́вшего не́сколько кня́жеств, а Ива́н Калита́ – «Вели́ким Кня́зем Всея́ Руси́».

В 1472 году́ моско́вский князь Ива́н III, пото́мок Ива́на Калиты́, заключи́л брак с племя́нницей после́днего византи́йского импера́тора – Со́фьей Палео́лог. Э́то дава́ло ему́ пра́во счита́ть, что власть над правосла́вным христиа́нским ми́ром по́сле паде́ния Византи́и перешла́ к моско́вским князья́м. На гербе́ ру́сского госуда́рства появи́лся заимствованный у Византи́и двугла́вый орёл.

Сущестовова́ла вы́годная для Вели́кого кня́зя моско́вского погово́рка, что пе́рвый Рим пал от е́реси, второ́й (Константино́поль) – от неве́рных, а тре́тий Рим – Москва́, и четвёртому не быва́ть. Ива́н III стара́лся подде́рживать э́ту ве́рсию и возвы́сить Москву́ в глаза́х други́х госуда́рств. В столи́цу бы́ли приглашены́ италья́нские мастера́, кото́рые за че́тверть ве́ка постро́или мо́щные сте́ны и ба́шни вокру́г Кремля́, а на его́ террито́рии – золотогла́вые собо́ры, Гранови́тую пала́ту и колоко́льню, на́званную за её высоту́ «Ива́н Вели́кий» (81 метр). «Вы́ше Москвы́ то́лько Кремль, а вы́ше Кремля́ то́лько Бог.»

Иностра́нцев, приезжа́вших в «Моско́вию», поража́ло великоле́пие и пы́шность ца́рских приёмов, оби́лие зо́лота и драгоце́нных камне́й на оде́ждах Вели́кого кня́зя и боя́р, на окла́дах ико́н. Всё, что входи́ло в пара́дный ца́рский чин – кресты́, ба́рмы, ша́пки-венцы́, держа́ва, ски́петр – име́ло полити́ческое значе́ние и передава́лось по насле́дству. В завеща́нии Ива́на IV Гро́зного, с 1547 го́да «царя́ и само-

der mehrere Fürstentümer umfasste, und Iwan Kalita wurde «Großfürst der ganzen Rus».

Im Jahre 1472 vermählte sich der Moskauer Fürst Iwan III., ein Nachfahre von Iwan Kalita, mit Sophia Paläologos, einer Nichte des letzten Kaisers von Byzanz. Das gab ihm das Recht zu glauben, die Macht über die orthodoxe christliche Welt sei nach dem Fall von Byzanz auf die Moskauer Fürsten übergegangen. Auf dem Wappen des russischen Staates tauchte, aus Byzanz entlehnt, der zweiköpfige Adler auf. Es gab eine Redensart, die dem Moskauer Großfürsten gut in den Kram passte: Das erste Rom sei durch die Ketzerei zu Fall gebracht worden, das zweite, Konstantinopel, durch die Ungläubigen; Moskau sei das dritte Rom, und ein viertes werde es nicht geben. Iwan III. bemühte sich, diese Auffassung zu stützen und das Ansehen Moskaus bei den anderen Staaten zu heben. In die Hauptstadt wurden italienische Baumeister eingeladen, die innerhalb eines Vierteljahrhunderts die mächtigen Mauern und Türme rund um den Kreml bauten, und im Kreml selbst die Kathedralen mit den goldenen Kuppeln, den Facettenpalast und einen Glockenturm, der wegen seiner Höhe (81 Meter) «Iwan der Große» hieß. «Höher als Moskau ist nur der Kreml, und höher als der Kreml nur Gott».

Ausländer, die nach «Moskowia» kamen, waren von der Pracht und Üppigkeit der kaiserlichen Empfänge verblüfft, vom Überfluss an Gold und Edelsteinen auf den Gewändern des Großfürsten und seiner Gefolgsleute, der Bojaren, und auf den Beschlägen der Ikonen. Alles, womit die kaiserliche Würde prunkte – Kreuze, Umhang, Mützenkronen, Reichsapfel, Szepter –, hatte politische Bedeutung und wurde von Generation zu Generation vererbt. Im Testament Iwans IV., des

дéржца всéя Руси́» (по византи́йскому образцу́: βασιλευς και αυτοκρατωρ), говори́тся: «... сы́на же своегó Ивáна благословля́ю цáрством рýсским, Шáпкою Мономáховою и всем чи́ном цáрским, что прислáл прароди́телю нáшему царь Константи́н Мономáх из Царьгрáда». Шáпка Мономáха – куполообрáзная золотáя корóна, усы́панная драгоцéнными камня́ми и оторóченная собóльим мéхом – подтверждáла исключи́тельное прáво москóвского кня́зя на рýсский престóл (éсли не обращáть внимáния на то, что «прароди́тель», то есть сын Ярослáва Мýдрого, жени́лся на рóдственнице Константи́на Мономáха в 1053 годý, а «шáпка Мономáха», по мнéнию учёных, сдéлана арáбским и́ли среднеазиáтским мáстером не рáньше XIII-XIV вéка).

Schrecklichen, seit 1547 «Zar und absoluter Herrscher der ganzen Rus» (nach dem byzantinischen Vorbild «basileus kai autokrator»), heißt es: «Meinen Sohn Iwan segne ich mit dem russischen Zarenreich, mit dem Monomachen-Hut und allen kaiserlichen Würden, die von Kaiser Konstantin Monomachos aus Zarigrad auf unseren Stammvater gekommen sind.» Der Monomachen-Hut, eine kuppelförmige goldene Krone, übersät mit Edelsteinen und verbrämt mit Zobelpelz, bekräftigte das ausschließliche Recht des Moskauer Fürsten auf den russischen Thron. (Man sollte genauer hinsehen: Der «Stammvater», also der Sohn Jaroslaws des Weisen, heiratete 1053 eine Verwandte von Konstantin Monomachos, aber der «Monomachen-Hut» ist nach Ansicht von Wissenschaftlern frühestens im 13. oder 14. Jahrhundert von einem arabischen oder mittelasiatischen Meister gefertigt worden.)

Смех в России

Великому князю понадобились деньги. Послал он своих людей собрать дань. «Но смотрите, соберите всё, что у них есть.»

Через две недели люди князя вернулись с большой данью. «Ну что, как вели себя холопы, когда вы отбирали у них последнее?» – «Плакали, молили оставить хоть что-нибудь, ползали на коленях.» – «Плакали и ползали на коленях? Ну тогда поезжайте и пособирайте ещё.»

Прошла ещё неделя. «Ну?» – «Мало собрали мы, князь. Они рыдали и вопили, рвали на себе волосы и клялись, что больше у них ничего нет.» – «Рыдали и вопили? Вы просто бездельники. Поезжайте ещё, но знайте, что если не всё соберёте, то худо вам придётся.»

Через три дня: «Князь, как только они нас увидели, они стали смеяться. А когда мы стали искать и забирать, что ещё оставалось, они просто хохотали нам в лицо.» – «Ах, вот как? Ну, теперь я вижу, что вы собрали и вправду всё, что у них было.»

Борис Годунов

Несмотря на свои семь браков, Иван Грозный оставил после себя только двух сыновей: слабого умом и здоровьем Фёдора и двухлетнего Дмитрия. Своего старшего сына Ивана, который должен был наследовать царский престол, он убил в припадке ярости незадолго до своей

Lachen in Russland

Der Großfürst brauchte Geld. Er schickte seine Leute aus, Tribut einzutreiben. «Aber seht zu, daß ihr alles nehmt, was sie haben.»

Zwei Wochen später kamen die Leute des Fürsten mit viel Tribut zurück. «Und, was haben die Kriecher gesagt, als ihr ihnen ihr Letztes genommen habt?» – «Sie haben geflennt, gefleht, ihnen wenigstens ein bisschen zu lassen, sind auf den Knien gerutscht.» – «Geflennt und auf den Knien gerutscht? Na dann zieht los und sammelt noch mehr.»

Eine Woche später. «Und?» – «Wenig konnten wir einsammeln, Fürst. Sie haben geschluchzt, geheult, sich die Haare gerauft und geschworen, dass sie nichts mehr haben.» – «Geschluchzt und geheult? Ihr taugt einfach nichts. Nochmal los, aber passt auf: Wenn ihr diesmal nicht alles nehmt, geht es euch schlecht.»

Drei Tage später: «Großfürst, dieses Mal haben sie schon gelacht, kaum dass sie uns kommen sahen. Und als wir anfingen zu suchen und einzustecken, was noch geblieben war, lachten sie uns einfach ins Gesicht.» – «Ach, schau an! Na, jetzt sehe ich, ihr habt wirklich alles eingesammelt, was sie hatten.»

Boris Godunow

Obwohl er sieben Ehen gehabt hatte, hinterließ Iwan IV. der Schreckliche nur zwei Söhne: den schwachsinnigen und kränklichen Fjodor und den erst zweijährigen Dimitrij. Seinen ältesten Sohn Iwan, der den Zarenthron hätte erben sollen, hatte er in einem Wutanfall kurz vor seinem Tod umgebracht. 1584, als

сме́рти. Когда́ в 1584 году́ Ива́н Гро́зный у́мер, ру́сским царём стал Фёдор, но факти́ческим прави́телем – брат его́ жены́ Бори́с Годуно́в. Че́рез не́сколько лет при таи́нственных обстоя́тельствах поги́б восьмиле́тний царе́вич Дми́трий. По официа́льной ве́рсии, царе́вич, страда́вший эпиле́псией, во вре́мя игры́ «в но́жички» упа́л на нож. Но слу́хи упо́рно утвержда́ли, что «младе́нец» был уби́т Бори́сом.

Со сме́ртью в 1598 году́ Фёдора прекрати́лась дина́стия Рюриковичей. Впервы́е ру́сские должны́ бы́ли вы́брать царя́. Вла́сти Годуно́ва бы́ло доста́точно, что́бы про́сто назна́чить себя́ царём. Но, что́бы хоть как-то имити́ровать «зако́нность», был разы́гран спекта́кль с кре́стным хо́дом, с пла́чем и мольба́ми к Бори́су стать царём ру́сским. Бори́с, поколеба́вшись, согласи́лся. Но мно́гие бы́ли недово́льны Годуно́вым. «Нельзя́ моли́ться за царя́-И́рода – Богоро́дица не вели́т», – отвеча́ет в дра́ме Пу́шкина «Бори́с Годуно́в» юро́дивый Нико́лка на про́сьбу царя́ помоли́ться за него́.

В 1604 году́ из По́льши пришли́ слу́хи, что царе́вич Дми́трий жив. Кто́-то наи́вно пове́рил им, а кто́-то реши́л воспо́льзоваться и́ми в борьбе́ с Годуно́вым. Лжедми́трий (счита́ют, что э́то был бежа́вший из Чу́дова монастыря́ мона́х Григо́рий Отре́пьев) нашёл подде́ржку у по́льского короля́ Сигизму́нда III. В а́вгусте он вы́ступил из По́льши с четырёхты́сячной а́рмией. По доро́ге к нему́ присоединя́лись крестья́не и каза́ки. Войска́, по́сланные про́тив него́ Бори́сом Годуно́вым, сража́лись вполси́лы, мно́гие переходи́ли на его́ сто́рону. Ещё до то-

Iwan der Schreckliche starb, wurde Fjodor russischer Zar, aber tatsächlicher Herrscher war Boris Godunow, der Bruder von Fjodors Frau. Nach einigen Jahren kam in Uglitsch unter mysteriösen Umständen der achtjährige Zarewitsch Dimitrij ums Leben. Offiziell verlautete, dass der Zarewitsch, der an Epilepsie litt, bei einem Spiel «mit Messerchen» auf ein Messer gefallen sei. Aber Gerüchte behaupteten hartnäckig, dass Boris Godunow das Kind ermordet habe.

Mit dem Tod Fjodors im Jahr 1598 erlosch die Dynastie der Rurikiden. Zum ersten Mal mussten die Russen einen Zaren wählen. Godunow wäre mächtig genug gewesen, sich selbst zum Zaren zu machen. Aber um doch irgendwie den Schein der Gesetzlichkeit zu wahren, wurde großes Theater gemacht mit Prozession, mit Weinen und Flehen, dass Boris russischer Zar werden möchte. Boris schwankte ein wenig und willigte dann ein. Aber viele waren mit dem Zaren nicht einverstanden. «Für den Zaren Herodes darf man nicht beten, die Mutter Gottes erlaubt es nicht» entgegnet in Puschkins Drama «Boris Godunow» der Narr Nikolka auf die Bitte des Zaren, für ihn zu beten.

1604 kamen aus Polen Gerüchte, dass der Zarewitsch Dimitrij am Leben sei. Manch einer schenkte ihnen arglos Glauben, aber irgendwer beschloss, sie im Kampf gegen Godunow auszunutzen. Ein Falscher Dimitrij (man nimmt an, dass es Grigorij Otrepjew war, ein Mönch, der aus dem Kloster Tschudow entlaufen war) fand Unterstützung beim polnischen König Sigismund III. Im August rückte er aus Polen mit einer Armee von viertausend Leuten an. Auf dem Weg schlugen sich Bauern und Kosaken zu ihm. Die Truppen, die ihm von Boris Godunow entgegengeschickt wurden, kämpften nur mit halber Kraft, viele

го́, как самозва́нец дости́г Москвы́, царь Бори́с у́мер.

Че́рез шесть неде́ль Дми́трий был ве́нчан на ца́рство в Успе́нском собо́ре Кремля́. Но ско́ро оказа́лось, что но́вый царь совсе́м не похо́ж на того́ «Бо́гом да́нного» царя́-ба́тюшку, кото́рого жда́ли просты́е люди: в це́рковь он не ходи́л, моли́твы пе́ред обе́дом не говори́л, носи́л по́льское пла́тье, жени́лся на католи́чке (что для ру́сского челове́ка означа́ло – ерети́чке) и не люби́л ру́сской ба́ни. Че́рез год недово́льные заси́льем поля́ков москвичи́ сбро́сили его́ с колоко́льни «Ива́н Вели́кий».

С э́того начало́сь «сму́тное» вре́мя.

Самова́р

На Руси́ пе́рвый раз попро́бовали чай лет три́ста тому́ наза́д. Монго́льский хан посла́л ру́сскому царю́ в отве́т на его́ пода́рок четы́ре пу́да сушёного листа́ «для ва́рки ча́я» (монго́ло-тата́рское и́го в XVII ве́ке развива́лось в дипломати́ческую связь).

Ру́сский посо́л оби́делся: царь да́рит ха́ну сто собо́льих шку́рок, а получа́ет каки́е-то сухи́е ли́стья. Хан же отпра́вил в Москву́ своего́ ма́стера гото́вить чай. Царю́ и боя́рам но́вый напи́ток понра́вился. В ле́тописи тех времён на́йдена за́пись: «Пити́е до́брое и, когда́ привыка́ешь, гора́здо вку́сное.»

В 1696 году́ Москва́ посыла́ет за ча́ем в Пеки́н пе́рвых купцо́в. За коро́ткое вре́мя чай ста́ли

liefen zu Dimitrij über. Noch bevor der Usurpator Moskau erreicht hatte, starb Zar Boris.

Nach sechs Wochen wurde Dimitrij in der Kathedrale Mariä Entschlafen im Kreml zum Zaren gekrönt. Aber bald zeigte sich, dass der neue Zar ganz und gar nicht einem «gottgegebenen» Väterchen Zar ähnelte, auf den die einfachen Leute gewartet hatten: Er ging nicht in die Kirche, er betete nicht vor dem Essen, er kleidete sich polnisch, er heiratete eine Katholikin (für einen Russen bedeutete das: eine Ketzerin) und er konnte das russische Dampfbad nicht leiden. Nach einem Jahr warfen ihn die Moskauer, unzufrieden mit der Vormacht der Polen, vom Glockenturm «Iwan der Große».

Damit begann die «Zeit der Wirren».

Der Samowar

In Russland wurde vor dreihundert Jahren zum ersten Mal Tee getrunken. Der mongolische Khan sandte dem russischen Zaren als Gegengeschenk vier Pud (viermal 16 Kilogramm) Dörrblätter «für das Kochen von Tee». (Aus dem mongol-tatarischen Joch hatte sich im 17. Jahrhundert eine diplomatische Beziehung entwikkelt.) Der russische Botschafter ärgerte sich: Der Zar schenkt dem Khan hundert Zobelbälge und bekommt dafür einen Haufen trockene Blätter. Aber der Khan schickte seinen Meister der Teekochkunst nach Moskau. Der Zar und die Bojaren fanden Gefallen an dem neuen Getränk. In der Chronik dieser Zeit findet sich die Eintragung: «Ein gutes und, wenn man sich daran gewöhnt, geradezu köstliches Getränk.»

1696 schickte Moskau die ersten Kaufleute um Tee nach Peking. Binnen kurzem gab es in ganz Russ-

пить по всей Руси́. И хотя́ иско́нно ру́сскими бы́ли лесны́е чаи́ – из шипо́вника, земляни́ки, ли́пы, зверобо́я – привозно́й чай из Кита́я и И́ндии так бы́стро «обрусе́л», что сего́дня мно́гие счита́ют его́ национа́льным напи́тком. Ру́сские не жале́ли на чай золоты́х де́нег. Его́ пи́ли повсеме́стно, помно́гу и подо́лгу, ведь, как говори́тся в ру́сской посло́вице: «Чай пить – не дрова́ руби́ть». В купе́ческих се́мьях пи́ли осо́бенно мно́го – с полоте́нцем на ше́е, «до седьмо́го по́та».

Но как сде́лать, что́бы вода́ всё вре́мя была́ горя́чей? Вот и приду́мали мастера́ из го́рода Ту́лы самова́р («сам ва́рит») – большо́й ча́йник, внутри́ кото́рого прохо́дит труба́; в неё закла́дывали горя́щие у́гли, раздува́ли их, вода́ закипа́ла и до́лго не остыва́ла. Изготовле́ние самова́ра бы́ло де́лом сло́жным, почти́ иску́сством, до́лгое вре́мя их изгота́вливали вручну́ю. Самова́ры де́лали из желе́за, ме́ди, серебра́. Фо́рма могла́ быть са́мой разнообра́зной: одни́ напомина́ли гре́ческую а́мфору, други́е – бочо́нок, лежа́щий на боку́; бы́ли самова́ры кру́глые и конусообра́зные, цилиндри́ческие и куби́ческие. Иску́сные мастера́ стара́лись сде́лать ка́ждый самова́р неповтори́мым: украша́ли их а́нгелами, грифо́нами, льва́ми, чертя́ми. Ру́чки, но́жки, кран самова́ра де́лали в ви́де каки́х-нибудь живо́тных и́ли птиц. Пуза́тые самова́ры госпо́дствовали в про́шлом ве́ке на стола́х представи́телей всех сосло́вий, от простолюди́на до царедво́рца. Чи́сто ру́сское изобрете́ние – зава́ривать о́чень кре́пкий чай в специа́льном небольшо́м зава́рочном ча́йнике, кото́рый устана́вливается

land Tee zu trinken. Eigentlich ur-russisch waren die Früchtetees (aus Hagebutte, Erdbeere, Linde, Johanniskraut), aber der aus China und Indien importierte Tee wurde so schnell «russifiziert», dass ihn heute viele für das Nationalgetränk halten. Für Tee scheuten die Russen keine Ausgaben. Tee tranken sie überall, viel und lang – eine russische Redewendung heißt: «Teetrinken ist schließlich keine Schwerarbeit.» In den Kaufmannsfamilien trank man besonders viel, mit einem Handtuch um den Hals «bis zum siebten Schweiß».

Wie stellt man es an, dass das Teewasser jederzeit heiß ist? Dafür haben sich die Kunsthandwerker aus Tula den Samowar (den «Selbstkocher») ausgedacht: eine große Teekanne, durch die innen ein Rohr geht; in diesen Kamin legt man heiße Kohlen, bläst sie an, das Wasser kocht auf und wird lange nicht kalt. Die Herstellung eines Samowars war eine komplizierte, beinahe künstlerische Angelegenheit. Lange Zeit wurden Samoware von Hand gefertigt. Sie wurden aus Eisen, Kupfer, Silber gemacht. Die äußere Form konnte ganz unterschiedlich sein: die einen erinnerten an griechische Amphoren, andere an Fässchen, die auf der Seite liegen; es gab runde und kegelförmige, zylindrische und kubische Samoware. Kunstreiche Meister waren bestrebt, jeden Samowar als Einzelstück zu fertigen: sie verzierten sie mit Engeln, Greifen, Löwen oder Teufeln. Griffe, Füße und der Hahn des Samowars wurden Landtieren oder Vögeln nachgebildet. Im letzten Jahrhundert waren es dann vorwiegend die bauchigen Samoware, die sich auf den Tischen bei Familien aller Stände fanden, von einfachen Leuten bis zur Zarenfamilie. Rein russische Raffinesse ist es, in einer eigenen kleinen Teeaufguss-Kanne, die oben auf

на самова́р, так что зава́рка хорошо́ распа́ривается и стано́вится бо́лее арома́тной. Пото́м в ча́шку налива́ют на треть и́ли че́тверть э́того концентра́та и разбавля́ют кипятко́м из самова́ра.

Сейча́с уже́ почти́ нет настоя́щих самова́ров. На сме́ну им пришли́ электри́ческие. Но всё-таки до сих пор самова́р занима́ет почётное ме́сто во мно́гих ру́сских дома́х.

Борщ

Борщ – э́то, со́бственно говоря́, украи́нское национа́льное блю́до. Но так уж повело́сь, что в любо́м ру́сском рестора́не Вам подаду́т украи́нский борщ. Не бу́дем отступа́ть от э́того пра́вила и мы: вот реце́пт настоя́щего, арома́тного

den Samowar gestellt wird, ganz starken Tee zu kochen; so zieht der Aufguss schön durch und wird aromatischer. Mit diesem Konzentrat gießt man die Tasse drittel- oder viertelvoll und füllt mit kochendem Wasser aus dem Samowar nach.

Heute gibt es fast gar keine echten Samoware mehr. Ihnen folgten elektrische nach. Trotzdem hat der Samowar bis in unsere Zeit in vielen russischen Häusern einen Ehrenplatz.

Borschtsch

Borschtsch ist eigentlich ein ukrainisches Nationalgericht. Aber es ist schon Brauch geworden, in jedem russischen Restaurant ukrainischen Borschtsch anzubieten. Auch wir wollen dieser Regel folgen: Hier ist das Rezept für den echten, wohlschmeckenden

борща́, да́нный по́варом изве́стного моско́вского рестора́на «Славя́нский база́р».

Поста́вить вари́ть в трёхлитро́вой кастрюле полкило́ говя́дины с костя́ми. В бульо́н доба́вить ко́рень петру́шки, сельдере́я и соль. Когда́ мя́со бу́дет почти́ гото́во, ме́лко наре́зать две сре́дние свёклы, побры́згать столо́вой ло́жкой у́ксуса и́ли лимо́нного со́ка, посы́пать са́харом (то́же одна́ столо́вая ло́жка), посоли́ть, доба́вить две столо́вые ло́жки тома́тной па́сты и поста́вить туши́ть на сковороде́ с ма́слом на полчаса́. То́нко наре́зать одну́ лу́ковицу и две морко́ви, поджа́рить лук до золоти́стого цве́та, доба́вить туда́ морко́вь и то́же оста́вить туши́ться. Пока́ всё ту́шится, Вы мо́жете нашинкова́ть 200 грамм капу́сты, поре́зать пять карто́фелин, три помидо́ра и два стручка́ сла́дкого пе́рца. Поджа́рить одну́ столо́вую ло́жку муки́ на ма́сле. Вы́нуть мя́со из бульо́на и положи́ть туда́ лук и морко́вь, а мину́т че́рез 10 – капу́сту, карто́шку, помидо́ры, пе́рец, поджа́ренную муку́ и свёклу. 50 грамм свино́го са́ла размя́ть с тремя́ до́льками чеснока́. Оста́лось то́лько посоли́ть, поперчи́ть борщ, доба́вить в него́ са́ло с чесноко́м и лавро́вый лист и дать ему́ 10-15 мину́т прокипе́ть. Борщ гото́в. Но что́бы получи́ть настоя́щий вкус, ну́жно оста́вить его́ на не́сколько часо́в в тёплом ме́сте.

Подаю́т борщ с ме́лко нару́бленной зе́ленью петру́шки и укро́па, смета́ной и кра́сным пе́рцем. Мя́со ре́жут на кусо́чки и раскла́дывают по таре́лкам.

Прия́тного аппети́та!

Borschtsch, nach den Angaben vom Koch des berühmten Moskauer Restaurants «Slawischer Basar».

In einem Dreilitertopf ein halbes Kilogramm Rindfleisch mit Knochen aufsetzen. Zur Bouillon Petersilienwurzel, Sellerie und Salz zugeben. Wenn das Fleisch fast gar geworden ist, zwei mittelgroße Rote Bete kleinschneiden, mit einem Esslöffel Essig oder Zitronensaft beträufeln, mit Zucker bestreuen (ebenfalls ein Esslöffel), salzen, zwei Esslöffel Tomatenmark zugeben und mit Butter eine halbe Stunde in einer Pfanne schmoren. Eine Zwiebel und zwei Möhren fein schneiden, die Zwiebel goldbraun rösten, zu ihr die Möhren geben und ebenfalls schmoren lassen. Während alles vor sich hinschmort, haben Sie Zeit, 200 Gramm Kohl, fünf Kartoffeln, drei Tomaten und zwei Schoten süße Paprika kleinzuschneiden. Einen Esslöffel Mehl in Butter anrösten. Nun das Fleisch aus der Brühe nehmen. In den Topf mit der Brühe Zwiebel und Möhren geben, und nach zehn Minuten Kohl, Kartoffeln, Tomaten, Paprika, das geröstete Mehl und die roten Bete. 50 Gramm Schweineschmalz mit drei Knoblauchzehen verkneten. Jetzt muss man den Borschtsch nur noch mit Salz und Pfeffer abschmekken, das Schmalz mit dem Knoblauch sowie ein Lorbeerblatt zugeben, und ihn 10 bis 15 Minuten weiterkochen lassen. Der Borschtsch ist fertig. Aber um das echte Aroma zu bekommen, muss er für ein paar Stunden an einem warmen Platz stehengelassen werden.

Man reicht Borschtsch mit gewiegten frischen Kräutern (Petersilie und Dill), mit saurer Sahne und mit rotem Paprika. Das Fleisch schneidet man in kleine Stücke und verteilt es auf die Teller.

Guten Appetit!

Немецкая слобода

Первое поселение иностранцев образовалось в Москве после Ливонской войны (1558-1583). Называлось оно Немецкой слободой, поскольку все иностранцы, не умевшие говорить по-русски были «немыми», или «немцами».

Сначала жителями слободы были военнопленные, потом здесь обосновались купцы, врачи, аптекари, ремесленники. Царь Иван Грозный (как веком позже – Пётр I, а в 20-х годах нашего столетия – Ленин) понимал, что Русскому государству необходимы иностранные специалисты. В 1558 году он издал Указ, который запрещал новгородцам продавать военнопленных в Германию или Литву. Тот человек, который указывал на боярина, продавшего пленного немца за границу, получал милость царя и вдобавок 50 рублей с этого боярина. А сам боярин садился в тюрьму. Все немцы, которые владели каким-нибудь ремеслом (особенно золотых и серебряных дел мастера, жестянщики, часовщики, артиллеристы и механики), должны были непременно отправляться в Москву.

Но чем больше было желание использовать знания иностранцев, тем ревностнее оберегалось московское население от общения с ними. Ведь все они «еретики и живут в грехе». Поэтому и селили их отдельно, в предместье Москвы.

В 1665 году в Немецкой слободе было полторы тысячи жителей и 200 домов. Рассказывают, что пастор Иоганн Готфрид Грегорий в сере-

Die Deutsche Vorstadt

Die erste Niederlassung von Ausländern in Moskau entstand nach dem Livländischen Krieg (1558–1583). Sie wurde die «Stummen-Vorstadt» genannt, weil alle Ausländer, die kein Russisch konnten, «stumm» waren – oder «Stummlinge», ein Wort, das später der Name für die Deutschen wurde.

Zu Anfang waren die Bewohner dieser Vorstadt Kriegsgefangene, dann siedelten sich auch Kaufleute, Ärzte, Apotheker und Handwerker an. Zar Iwan der Schreckliche hatte begriffen (wie hundert Jahre später Peter der Große und, in den zwanziger Jahren unseres Jahrhunderts, Lenin), dass der russische Staat nicht auf Spezialisten aus dem Ausland verzichten konnte. 1558 verbot er den Bürgern von Nowgorod in einem Erlass, Kriegsgefangene nach Deutschland oder Litauen zu verkaufen. Wer einen Bojaren anzeigte, der einen gefangenen Deutschen außer Landes verkauft hatte, erhielt die «Gnade des Zaren» und obendrein fünfzig Rubel von jenem Bojaren. Und der Bojar selber kam ins Gefängnis. Alle Deutschen, die irgendein Handwerk beherrschten (besonders Gold- und Silberschmiede, Spengler, Uhrmacher, Artilleristen und Mechaniker), sollten unbedingt nach Moskau kommen.

Aber je größer der Wunsch wurde, Nutzen aus dem Wissen der Ausländer zu ziehen, desto eifriger hüteten sich die Einwohner Moskaus davor, mit ihnen in Kontakt zu kommen. Denn alle waren sie ja «Ketzer und lebten in Sünde»: Sie sollten für sich siedeln, vor den Toren Moskaus.

1665 hatte die Deutsche Vorstadt 1500 Einwohner und zweihundert Häuser. Man erzählt, dass der Pastor Johann Gottfried Gregorii Mitte des 17. Jahrhunderts

ди́не XVII ве́ка организова́л небольшо́й теа́тр в своём прихо́де. Царь Алексе́й Миха́йлович пригласи́л Грего́рия и его́ тру́ппу к себе́. По́сле выступле́ния царь пожела́л, что́бы Грего́рий написа́л све́тскую коме́дию на ру́сском языке́ и поста́вил её в но́вом придво́рном теа́тре в Преображе́нском селе́. Э́то был пе́рвый ру́сский теа́тр.

Внача́ле Неме́цкая слобода́ была́ самоуправля́емой, то́лько Пётр подчини́л её городски́м властя́м. Молодо́й Пётр был ча́стым го́стем слободы́. Здесь он встре́тил свою́ пе́рвую любо́вь – А́нну Монс, дочь виноторго́вца, здесь жил оди́н из его́ са́мых бли́зких друзе́й – Франц Лефо́рт.

В 1697 году́ Пётр посла́л за грани́цу бо́лее ста молоды́х люде́й из родови́тых семе́й на учёбу. В том же году́ он сам отпра́вился инко́гнито в соста́ве ру́сского посо́льства в путеше́ствие по Пру́ссии, Голла́ндии, А́нглии, Саксо́нии и Вене́ции, что́бы познако́миться с вое́нным, хозя́йственным и культу́рным разви́тием за́падно-европе́йских стран.

Пётр хоте́л вы́вести Ру́сское госуда́рство из его́ изоля́ции, европеизи́ровать Росси́ю и ру́сских. Он не то́лько провёл рефо́рму управле́ния госуда́рством, модернизи́ровал флот и а́рмию, откры́л Акаде́мию нау́к, но и стреми́лся измени́ть сам «дух» и о́браз жи́зни ру́сского челове́ка. Он заста́вил боя́р, во-пе́рвых, сбрить бо́роды (что бы́ло стра́шным грехо́м для правосла́вного челове́ка). Во-вторы́х, он приказа́л замени́ть традицио́нную ру́сскую оде́жду – кафта́н (с дли́нными по́лами и рукава́ми, меша́вшими рабо́тать) – на бо́лее практи́чную европе́й-

in seiner Gemeinde ein kleines Theater einrichtete. Zar Alexej Michailowitsch lud ihn mit seiner Truppe zu sich.

Nach der Vorstellung wünschte der Zar, Gregorii solle eine weltliche Komödie in russischer Sprache schreiben und sie im neuen Hoftheater im Dorf Preobraschenskoje aufführen. Das war das erste russische Theater.

Am Anfang war die Deutsche Siedlung autonom, erst Peter unterstellte sie den städtischen Behörden. Peter war in seiner Jugend oft zu Gast in der Siedlung. Hier traf er seine erste Liebe, Anna Mons, die Tochter eines Weinhändlers, und hier lebte einer seiner allerengsten Freunde, Franz Lefort.

1697 schickte Peter mehr als hundert junge Leute aus adligen Familien zur Ausbildung ins Ausland. Im gleichen Jahr reiste er auch selber inkognito als Angehöriger einer russischen Gesandtschaft durch Preußen, Holland, England, Sachsen und Venedig, um sich mit der militärischen, wirtschaftlichen und kulturellen Entwicklung der Länder Westeuropas vertraut zu machen.

Peter wollte den russischen Staat aus seiner Isolation herausführen, wollte Russland und die Russen europäisieren. Er setzte nicht nur eine Reform der Staatsverwaltung ins Werk, modernisierte die Flotte und die Armee und gründete die Akademie der Wissenschaften; er strebte auch an, selbst die «Seele» und die Lebensweise des russischen Menschen zu verändern. Er zwang die Bojaren, sich die Bärte abzurasieren (was für einen Orthodoxen eine schreckliche Sünde war). Und er befahl, die traditionelle russische Kleidung – den Kaftan mit seinen langen Schößen und Ärmeln, die beim Arbeiten störten – durch die praktischere

скую. У ослу́шившихся он собственнору́чно но́жницами отреза́л бо́роды и дли́нные рукава́ и по́лы кафта́нов.

Бе́лые но́чи

«Се́верная столи́ца» Росси́и – Петербу́рг – лежи́т на 60-ом гра́дусе се́верной широты́. С 11 ию́ня по 2 ию́ля на э́той широте́ центр Со́лнца опуска́ется под горизо́нт не бо́лее, чем на 7 гра́дусов. Э́то пери́од «бе́лых ноче́й», когда́ вече́рняя заря́ схо́дится с у́тренней, и всю ночь дли́тся су́мерки.

Э́то са́мое прекра́сное вре́мя для романти́ческих прогу́лок по аристократи́ческим на́бережным, кана́лам и проспе́ктам «ру́сского

europäische zu ersetzen. Wer nicht gehorchte, dem schnitt er mit einer Schere eigenhändig den Bart und die langen Ärmel und Schöße des Kaftans ab.

Weiße Nächte

Petersburg, die «nördliche Hauptstadt» von Russland, liegt auf dem 60. Grad nördlicher Breite. Vom 11. Juni bis zum 2. Juli senkt sich auf dieser geographischen Breite die Sonne nicht tiefer als 7 Grad unter den Horizont. Das ist die Zeit der «weißen Nächte»: Abend- und Morgenrot werden eins, und die Dämmerung dauert die ganze Nacht.

Das ist die wunderbarste Zeit für romantische Spaziergänge auf den herrschaftlichen Uferstraßen, entlang den Kanälen und Prachtstraßen des «russischen

Амстерда́ма». Тёмные силу́эты дворцо́в, ба́шен, куполо́в, мосто́в выступа́ют на фо́не су́меречного се́рого не́ба. Влюблённые па́ры, шко́льники и студе́нты, у кото́рых как раз в июне зака́нчиваются экза́мены, бро́дят по ночно́му, но све́тлому го́роду до утра́, пою́т пе́сни, чита́ют стихи́. В э́ти но́чи ка́жется, что ты нахо́дишься в са́мом краси́вом го́роде ми́ра.

Пу́шкин – Ца́рское Село́

В 24 киломе́трах к ю́гу от Петербу́рга нахо́дится го́род Пу́шкин. Когда́ Пётр I основа́л в у́стье Невы́ Санкт-Петербу́рг, на ме́сте ны́нешнего Пу́шкина находи́лась небольша́я фи́нская дере́вня Са́ари, кото́рую Пётр подари́л своему́ дру́гу и помо́щнику Алекса́ндру Ме́ньшикову. Одна́ко, когда́ ме́жду царём и его́ люби́мцем возни́кла очередна́я ссо́ра, Пётр отобра́л свой пода́рок и о́тдал э́ту зе́млю свое́й жене́ Екатери́не (бы́вшей служа́нке из лито́вской дере́вни Ма́рте Скавро́нской). Екатери́не ме́стность понра́вилась, и она́ заказа́ла неме́цкому архите́ктору Брауншта́йну постро́ить здесь небольшо́й дворе́ц с францу́зским са́дом.

Пётр у́мер в 1725 году́, по́сле чего́ два го́да Росси́ей пра́вила Екатери́на. По́сле её сме́рти в 1727 году́ девятнадцатиле́тняя Елизаве́та, дочь Петра́ и Екатери́ны, унасле́довала поме́стье, кото́рое ста́ло называ́ться Ца́рским Село́м. Елизаве́та Петро́вна не сра́зу ста́ла императри́-

Amsterdam». Dunkle Silhouetten von Stadtschlössern, Türmen, Kuppeln und Brücken ragen vor dem Hintergrund des dämmergrauen Himmels auf. Verliebte Paare, Schüler und Studenten, die jetzt im Juni ihre letzten Examina ablegen, schlendern bis zum Morgengrauen durch die nächtliche aber helle Stadt, singen Lieder und deklamieren Gedichte. In diesen Nächten glaubt man hier in der allerschönsten Stadt der Welt zu sein.

Puschkin – Zarskoje Selo

24 Kilometer südlich von Petersburg liegt die Stadt Puschkin. Als Peter I. der Große an der Newa-Mündung Sankt Petersburg gründete, befand sich an dem Ort, wo heute Puschkin steht, das kleine finnische Dorf Saari, das Peter seinem Freund und Berater Alexander Menschikow schenkte. Nur, zwischen dem Zaren und seinem Günstling kam es wie üblich zum Streit, und Peter nahm sein Geschenk wieder zurück und gab das Dorf samt Umland seiner Ehefrau Katharina (Martha Skawronskaja, die vorher Dienstmädchen in einem litauischen Dorf gewesen war). Katharina fand an dem Gelände Gefallen und beauftragte den deutschen Baumeister Johann Friedrich Braunstein, dort ein Schlösschen mit französischem Garten zu bauen.

Peter starb 1725. Danach wurde Russland zwei Jahre lang von Katharina regiert. Nach deren Tod im Jahre 1727 erbte die neunzehnjährige Jelisaweta, eine Tochter von Peter und Katharina, das Gut, das inzwischen Zarskoje Selo – Zarendorf – genannt wurde. Aber Jelisaweta Petrowna wurde nicht Zarin – noch nicht.

цей. Прѐжде неё на рỳсском трòне воцарѝлся Пётр II, внук Петрȧ I, сын казнённого самѝм Петрòм I царѐвича Алексѐя. Пётр II ỳмер в пятнȧдцать лет в 1730 годỳ. Потòм с 1730 по 1740 год у влȧсти былȧ Ȧнна Иоȧнновна – дочь Ивȧна V, слабоỳмного брȧта Петрȧ; и затѐм (пòсле смѐрти Ȧнны) прȧвнук Ивȧна V – двухмѐсячный Ивȧн VI. Наконѐц, чѐрез тринȧдцать мѐсяцев правлѐния младѐнца Ивȧна VI и егò мȧтери-рѐгентши, Ȧнны Леопòльдовны, в 1741 годỳ Елизавѐтой при поддѐржке гвȧрдии был совершён дворцòвый переворòт, и онȧ на двȧдцать лет воцарѝлась на Российском трòне.

Тòлько во второй половѝне XVIII вѐка нахòдит Елизавѐта I срѐдства дляострòйки на мѐсте скрòмного дворцȧ её мȧтери Большòго Екатерѝнинского Дворцȧ. Дворѐц, длинòй 300 мѐтров, был пострòен архитѐктором Растрѐлли в стѝле рỳсского барòкко. Ѐтот стиль отличȧется пы̀шными фòрмами, богȧтым убрȧнством интерьѐра, обѝлием позолòченной резьбы̀ по дѐреву, зеркȧл, цѐнных порòд кȧмня.

Елизавѐта умерлȧ в 1761 годỳ. Слѐдующим царём был сын её сестры̀, Пётр III (Карл Пётр Ỳльрих фон Гòльштейн-Гòтторп). Он прȧвил Россѝей тòлько нѐсколько мѐсяцев, до тогò момѐнта, когдȧ егò женȧ, Екатерѝна II (немѐцкая принцѐсса Софѝя фон Ȧнхальт-Цербст), застȧвила егò отрѐчься от престòла. Пётр III был убѝт по прикȧзу ѝли по крȧйней мѐре по соглашѐнию Екатерѝны, котòрая до её смѐрти в 1796 годỳ былȧ рỳсской императрѝцей.

Екатерѝна II не любѝла искỳсственных садòв, фонтȧнов, ненавѝдела стрòгие геометрѝческие

Zunächst kam Peter II., Enkel von Peter dem Großen, Sohn des von Peter dem Großen selbst hingerichteten Zarewitsch Alexej, auf den Thron. Peter II. starb 1730 fünfzehnjährig. Dann, von 1730 bis 1740, war Anna Johannowna an der Macht, eine Tochter Iwans V., des geistesgestörten Bruders von Peter dem Großen; und danach (als Anna gestorben war) ein Urenkel Iwans V., der zwei Monate alte Iwan VI. Schließlich, nach dreizehn Monaten unter der Regierung des Kleinkindes Iwan VI. und seiner Mutter, der Regentin Anna Leopoldowna, unternahm Elisabeth mit Hilfe der Garde eine Palastrevolution und regierte für die nächsten zwanzig Jahre auf dem russischen Zarenthron.

Erst in der zweiten Hälfte des 18. Jahrhunderts fand Elisabeth I. die Mittel zum Bau des großen Katharinenpalastes – dort, wo das bescheidene Schlösschen ihrer Mutter gestanden hatte. Der Palast, 300 Meter lang, wurde von dem Baumeister Bartolomeo Rastrelli im russischen Barockstil erbaut. Dieser Stil ist durch prunkvolle Formen gekennzeichnet, durch reiche Ausstattung der Innenräume, durch einen Überfluss an vergoldeten Schnitzereien, Spiegeln und Edelsteinen.

Elisabeth starb 1761. Nächster Zar war der Sohn ihrer Schwester, Peter III. (Karl Peter Ulrich von Holstein-Gottorp). Er regierte Russland nur einige Monate lang, da zwang ihn seine Frau, Katharina II. (die deutsche Prinzessin Sophie Friederike Auguste von Anhalt-Zerbst), abzudanken.

Peter III. wurde auf Befehl oder wenigstens mit dem Einverständnis Katharinas umgebracht, die dann bis zu ihrem Tod im Jahre 1796 russische Kaiserin war.

Katharina II. die Große mochte keine künstlichen Gärten und Springbrunnen, hasste die strengen geo-

ли́нии в па́рках, паралле́льные алле́и, клу́мбы с раскро́шенным антраци́том. Одна́ко она́ не тро́нула со́зданный её предше́ственницей францу́зский парк, но приказа́ла разби́ть на юго-восто́ке от дворцо́вого анса́мбля большо́й парк в англи́йском сти́ле. Она́ же постро́ила для своего́ люби́мого вну́ка, бу́дущего Алекса́ндра I, Алекса́ндровский дворе́ц в сти́ле классици́зма (архите́ктор Кваре́нги).

В па́рках Ца́рского Села́, пло́щадью 600 гекта́ров, мно́го дворцо́в, павильо́нов, исску́ственных руи́н, бесе́док, каска́дов, прудо́в, кана́лов. В архитекту́ре сосе́дствуют баро́кко, псевдого́тика, классици́зм.

С конца́ XVIII ве́ка Ца́рское Село́ ста́ло за́городной ца́рской резиде́нцией. Ле́том здесь жила́ придво́рная знать, стоя́ли гварде́йские полки́.

В 1811 году́ Алекса́ндр I откры́л в Ца́рском Селе́ привилегиро́ванное уче́бное заведе́ние для дете́й ца́рской семьи́ и родови́той аристокра́тии – Лице́й. Лице́й до́лжен был гото́вить ка́дры для са́мых высо́ких госуда́рственных посто́в. Пе́рвые преподава́тели Лице́я – лю́ди широко́ образо́ванные – бы́ли прони́кнуты ду́хом просвети́тельского свободомы́слия, иде́ями францу́зской револю́ции, охва́чены патриоти́ческим подъёмом по́сле побе́ды над войска́ми Наполео́на в 1812 году́. Неудиви́тельно поэтому, что мно́гие лицейсты пе́рвого вы́пуска (1811-1817 годо́в) ста́ли «декабри́стами» – чле́нами та́йного революцио́нного о́бщества, ста́вившего свое́й це́лью заме́ну абсолютной мона́рхии конституцио́нной и́ли да́же респу́бликой.

Среди́ лицейстов пе́рвого вы́пуска был и

metrischen Linien in den Parks, die schnurgeraden Alleen, die Blumenrabatten mit Anthrazitkies. Sie ließ den von ihrer Vorgängerin geschaffenen französischen Garten unangetastet, befahl aber, im Südosten der Palastbauten einen großen Park im englischen Stil anzulegen. Sie erbaute auch für ihren Lieblingsenkel, den späteren Alexander I., den Alexanderpalast im klassizistischen Stil (Architekt war Giacomo Quarenghi).

In den Parks von Zarskoje Selo, die sich über 600 Hektar erstrecken, sind viele Schlösschen, Pavillons, künstliche Ruinen, Lauben, Kaskaden, Teiche und Kanäle. Barockes, Pseudogotisches und Klassizistisches findet sich nebeneinander.

Ende des 18. Jahrhunderts wurde Zarskoje Selo zum Landsitz der Zaren. Im Sommer lebte dort der Hofadel und standen dort die Garderegimenter.

1811 eröffnete Alexander I. in Zarskoje Selo ein Lyzeum, eine Eliteschule für Kinder aus der Zarenfamilie und alten Adelsgeschlechtern. Das Lyzeum sollte den Nachwuchs für die höchsten Posten im Staate ausbilden. Die ersten Lehrer am Lyzeum hatten eine umfassende Bildung und waren erfüllt vom Geist des aufklärerischen Freidenkertums und von den Ideen der französichen Revolution, waren mitgerissen von dem patriotischen Aufschwung nach dem Sieg über Napoleons Truppen im Krieg von 1812. Daher ist es nicht verwunderlich, dass viele der Lyzeaner des ersten Absolventen-Jahrganges (1817) «Dekabristen» wurden, Mitglieder eines revolutionären Geheimbundes, der es sich zum Ziel setzte, die absolutistische Monarchie durch eine konstitutionelle oder sogar durch eine Republik zu ersetzen.

Unter den Lyzeanern des ersten Jahrgangs befand

Алекса́ндр Пу́шкин. Пе́рвые напеча́танные за по́лной по́дписью пу́шкинские стихи́ называ́лись «Воспомина́ния в Ца́рском Селе́». Царскосе́льская те́ма прошла́ че́рез всё тво́рчество поэ́та. У него́ бы́ло осо́бое отноше́ние к Лице́ю, где он сформирова́лся как ли́чность и как поэ́т, и к Ца́рскому Селу́, кото́рое он называ́л свои́м «Оте́чеством». Да́та откры́тия Лице́я – 19 октября́ – ста́ла у Пу́шкина осо́бым зна́ком и стои́т под мно́гими, наибо́лее ва́жными для него́ произведе́ниями.

В 1837 году́ ме́жду Ца́рским Село́м и Петербу́ргом была́ проло́жена пе́рвая в Росси́и желе́зная доро́га.

Весно́й 1917 го́да в Алекса́ндровском дворце́ находи́лся под аре́стом после́дний ру́сский царь Никола́й II.

В 1918 году́ в Ца́рском Селе́ бы́ли откры́ты де́тские санато́рии, и оно́ ста́ло называ́ться Де́тским. В 1937 году́ оно́ бы́ло переимено́вано в го́род Пу́шкин, в связи́ с со́той годовщи́ной со дня сме́рти поэ́та.

Дед Моро́з

Оди́н из са́мых люби́мых ска́зочных персона́жей ру́сской детворы́ – Дед Моро́з, симпати́чный и до́брый стари́к с большо́й бе́лой бородо́й, повели́тель снего́в, холодо́в и мете́лей. Он прихо́дит из зи́мнего ле́са под Но́вый год в дома́, где живу́т послу́шные де́ти. Ря́дом с ним – его́ вну́чка, краси́вая и весёлая Снегу́рочка. За спино́й у Де́да Моро́за мешо́к с пода́рка-

sich Alexander Puschkin. Seine ersten mit vollständiger Namensnennung gedruckten Gedichte hießen «Erinnerungen an Zarskoje Selo». Das Thema «Zarskoje Selo» durchzieht das ganze Werk Puschkins. Er hatte eine besondere Beziehung zu dem Lyzeum, in dem er als Persönlichkeit und als Dichter geprägt worden war, und zu Zarskoje Selo, das er sein «Vaterland» nannte. Das Datum der Eröffnung des Lyzeums, der 19. Oktober, wurde bei Puschkin ein eigentümliches Zeichen und steht unter vielen seiner Werke, die für ihn selber besonders wichtig waren.

Im Jahre 1837 wurde zwischen Zarskoje Selo und Sankt Petersburg die erste russische Eisenbahnlinie gebaut.

Im Frühling des Jahres 1917 stand der letzte russische Zar, Nikolaj II., im Alexanderpalast unter Arrest.

1918 wurden in Zarskoje Selo Kindersanatorien eröffnet, und von da an hieß es «Detskoje Selo» («Kinderdorf»). 1937 wurde es anlässlich des 100. Todestages von Puschkin in «Stadt Puschkin» umbenannt.

Großväterchen Frost

Eine der bei russischen Kindern beliebtesten Märchengestalten ist Großväterchen Frost, ein liebenswürdiger und guter Alter mit langem weißem Bart, Gebieter über Schnee, Kälte und Schneesturm. Er kommt gegen Neujahr aus dem winterlichen Wald in die Häuser, wo folgsame Kinder wohnen. Neben ihm geht seine Enkelin, das schöne und fröhliche Schneetöchterchen. Auf dem Rücken trägt Großväterchen Frost einen

ми, и́менно тѐми, о кото́рых ребя́та мечта́ли це́лый год.

Дед Моро́з то́лько в XIX ве́ке появи́лся в Росси́и, когда́ произошло́ слия́ние о́браза фольклóрного Моро́за Моро́зовича, имѐвшего язы́ческие ко́рни, и о́браза наибо́лее популя́рного ру́сского свято́го – Никола́я, к кото́рому обраща́лись лю́ди со всѐми свои́ми земны́ми забо́тами и про́сьбами.

Толсто́й и «толсто́вцы»

В конце́ XIX ве́ка в демократи́ческой среде́ ру́сской интеллиге́нции, осо́бенно молодёжной, бы́ли мо́дными руба́хи свобо́дного покро́я, бе́лого цве́та, напомина́ющие традицио́нную одёжду ру́сского крестья́нина. Они́ называ́лись

Sack mit Geschenken, besonders solchen, von denen die Kinder das ganze Jahr über geträumt haben.

Großväterchen Frost ist erst im 19. Jahrhundert in Russland aufgetaucht, als nämlich Moros Morosowitsch («Frost Frostsohn», eine Folklore-Figur heidnischen Ursprungs) mit dem Bild des volkstümlichsten russischen Heiligen verschmolz – mit Nikolaus, an den man sich mit allen irdischen Sorgen und Bitten wandte.

Tolstoj und die Tolstojaner

Ende des 19. Jahrhunderts waren bei den demokratisch gesinnten russischen Intellektuellen, besonders den jungen, weitgeschnittene weiße Hemden Mode, die an die althergebrachte Kleidung der russischen Bauern erinnerten. Sie hießen «Tolstowka» und waren

«толстовками» и были отличительным знаком последователей учения Льва Толстого.

В 1879 году Толстой написал знаменитую «Исповедь»: «Со мной случился поворот, который давно готовился во мне. ... Жизнь нашего круга – богатых, учёных не только опротивела мне, но потеряла всякий смысл.» В противоположность этому, жизнь русских крестьян «проходила в тяжёлом труде и они были довольны жизнью ... Эти люди принимали болезни и горести без всякого недоразумения, сопротивления, а со спокойною и твёрдою уверенностью в том, что всё это должно быть и не может быть иначе, что всё это добро». Покорность русского крестьянина судьбе Толстой связал с нагорной проповедью. Главной в учении Толстого стала идея «непротивления злу насилием».

Толстой отказался от права владения имением и хозяйством, от авторских прав и гонораров, стал вегетарианцем, резко упростил свой образ жизни, отпустил прислугу, сам выполнял всю физическую работу. Картина Ильи Репина «Толстой на пашне», которая изображала графа Толстого, автора «Войны и мира» и «Анны Карениной», идущего босиком по пашне, направляющего соху за лошадью, – произвела сенсацию в Петербурге.

Взгляды Толстого получили с середины 80-х годов распространение по всей стране. Его учение показывало новый путь для людей, ищущих «дела», стремящихся уменьшить разрыв между дворянской и разночинной интеллигенцией и крестьянством. За полвека до этого, с восстания либерально настроенных офице-

das Erkennungszeichen der Anhänger der Lehren von Lew Tolstoj.

1879 hatte Tolstoj seine berühmte «Beichte» geschrieben: «Mit mir hat sich eine Wendung vollzogen, die sich schon lange in mir vorbereitet hatte. ... Das Leben unserer Kreise, der Reichen und Gebildeten, ist mir nicht nur zuwider geworden, sondern es hat jeglichen Sinn verloren.» Im Gegensatz dazu verlaufe das Dasein der russischen Bauern «in schwerer Arbeit, und sie waren mit dem Leben zufrieden. ... Diese Menschen nahmen Krankheit und Not an, ohne zu rechten oder sich aufzulehnen – vielmehr mit einer ruhigen und festen Zuversicht, dass alles so sein muss und nicht anders sein kann, dass alles so gut ist.» Die Ergebenheit der russischen Bauern in ihr Schicksal brachte Tolstoj mit der Bergpredigt in Verbindung. Ein Grundgedanke seiner Lehren war, «sich dem Bösen nicht gewalttätig zu widersetzen».

Tolstoj verzichtete auf sein Recht, Gut und Wirtschaft zu führen, auf Autorenrechte und Honorare; er wurde Vegetarier, vereinfachte einschneidend seine Lebensweise, entließ die Dienerschaft, tat selber jede körperliche Arbeit. Großes Aufsehen erregte in Petersburg das Bild «Tolstoj auf dem Acker» von Ilja Repin, das den Grafen Tolstoj, Autor von «Krieg und Frieden» und «Anna Karenina», darstellt, wie er barfuß über das Feld geht und den Pflug hinter dem Pferd führt.

Die Ansichten Tolstojs fanden ab Mitte der achtziger Jahre im ganzen Land Verbreitung. Seine Lehren zeigten einen neuen Weg für Menschen, die auf der Suche nach «Taten» waren und den Abstand zwischen den adligen und nichtadligen Intellektuellen einerseits und den Bauern andererseits zu verringern trachteten. Ein halbes Jahrhundert zuvor hatte mit dem Aufstand

ров и дворя́н на Сена́тской пло́щади 14 декабря́ 1825 го́да («восста́ния декабри́стов»), начало́сь революцио́нное движе́ние в Росси́и. В наступи́вшие зате́м го́ды никола́евской реа́кции на необходи́мости социа́льных и экономи́ческих переме́н в Росси́и наста́ивали «за́падники» (Виссарио́н Бели́нский, Алекса́ндр Ге́рцен). По слова́м Ле́нина, «декабри́сты разбуди́ли Ге́рцена, Ге́рцен разверну́л широ́кую революцио́нную агита́цию».

В 60-е го́ды возни́кло движе́ние «наро́дничества». Молода́я интеллиге́нция счита́ла свои́м до́лгом «идти́ в наро́д» и самоотве́рженно труди́ться «на ни́ве наро́дного просвеще́ния». Но «наро́дники» натолкну́лись на непонима́ние со стороны́ идеализи́руемого и́ми крестья́нства. В 70-е го́ды э́то движе́ние станови́лось всё бо́лее радика́льным, а по́зже (в гру́ппах «Земля́

liberal gesinnter Offiziere und Adliger auf dem Senatsplatz am 14. Dezember 1825 (dem «Dekabristenaufstand») die revolutionäre Bewegung in Russland begonnen. In den nachfolgenden Jahren der Restauration unter Nikolaj I. beharrten dann «Westler» (Vissarion Belinskij und Alexander Herzen) auf der Notwendigkeit von sozialen und wirtschaftlichen Reformen in Russland. Lenin hat das so ausgedrückt: «Die Dekabristen haben Alexander Herzen wachgerüttelt, und dieser hat breite revolutionäre Agitation entfaltet.»

In den sechziger Jahren kam die Bewegung der «Volksverbundenheit» auf. Junge Intellektuelle hielten es für ihre Pflicht, «unters Volk zu gehen» und selbstlos auf «dem Feld der Volksaufklärung» zu arbeiten. Aber diese «Populisten» stießen bei den von ihnen idealisierten Bauern auf Unverständnis. In den siebziger Jahren wurde diese Bewegung zunehmend radikal, und später (in den Gruppen «Land und Wille»

и во́ля» и «Наро́дная во́ля») – террористи́ческим. В 1881 году́ от бо́мбы террори́стов из гру́ппы «Наро́дная во́ля» поги́б царь Алекса́ндр II.

«Ско́лько и́стинного жела́ния добра́, гото́вности к жёртвам, ско́лько потра́чено на́шей молодо́й интеллиге́нцией на то, что́бы установи́ть пра́вду, что́бы сде́лать добро́ лю́дям! – писа́л Толсто́й. – И что сде́лано? Погуби́ли стра́шные душе́вные си́лы ... Вме́сто тех жертв, кото́рые принесены́ молодёжью, вме́сто вы́стрелов, взры́вов, типогра́фий, – что е́сли бы э́ти лю́ди счита́ли бы, что христиа́нская жизнь есть одна́ разу́мная жизнь.» – «Нельзя́ злом уничто́жить зло»; измени́ть «существу́ющий безобра́зный беспоря́док» возмо́жно, то́лько забо́тясь о соверше́нствовании свое́й души́ и трудя́сь, как тру́дится рабо́чий, занима́ясь ручны́м трудо́м.

В име́нии Толсто́го Я́сную Поля́ну ста́ли съезжа́ться со всей Росси́и лю́ди – поме́щики, офице́ры, крестья́не, студе́нты, курси́стки, зе́мские врачи́ и гимнази́сты. Здесь быва́ли писа́тели Макси́м Го́рький и Анто́н Че́хов, худо́жники Илья́ Ре́пин и Валенти́н Серо́в, компози́тор Алекса́ндр Скря́бин и певе́ц Фёдор Шаля́пин, режиссёры и актёры Константи́н Станисла́вский и Все́волод Мейерхо́льд, фило́софы Влади́мир Соловьёв и Дми́трий Мережко́вский. Толсто́й откры́л изда́тельство «Посре́дник», кото́рое выпуска́ло дешёвые кни́жки для наро́да. В нём он пригласи́л уча́ствовать лу́чших ру́сских литера́торов, худо́жников, учёных. Це́лью Толсто́го бы́ло дать возмо́жность самообуче́ния «са́мым дарови́тым лю́дям из наро́да».

und «Volkswille») terroristisch. 1881 starb Zar Alexander II. bei einem Bombenattentat der Gruppe «Volkswille».

«Wie viel wahrhaftiges Sehnen nach dem Guten, wie viel Opferbereitschaft haben unsere jungen Intellektuellen darauf verwendet, Gerechtigkeit herzustellen und den Menschen Gutes zu tun!» schrieb Tolstoj. «Und was ist geschehen? Sie haben gewaltige seelische Kräfte vergeudet ... Anstelle dieser Opfer, die von der Jugend gebracht wurden, anstelle der Schüsse, Explosionen, Druckschriften – wenn diese Menschen zu der Einsicht gelangt wären, dass das christliche Leben das einzig vernünftige Leben ist!» – «Mit Bösem kann man das Böse nicht vernichten». Es sei möglich, «die existierende abscheuliche Unordnung» zu ändern, wenn man sich nur um die Vervollkommnung seiner Seele kümmere und sich mühe, wie sich der Arbeiter müht, der mit seiner Hände Arbeit befasst ist.

Auf Tolstojs Gut Jassnaja Poljana, fanden sich Menschen aus ganz Russland ein – Gutsherren, Offiziere, Bauern, Studenten, Studentinnnen, Landärzte und Gymnasiasten. Hier wohnten zeitweise die Schriftsteller Maxim Gorkij und Anton Tschechow, die Maler Ilja Repin und Valentin Serow, der Komponist Alexander Skrjabin und der Sänger Fjodor Schaljapin, die Schauspieler und Regisseure Konstantin Stanislawskij und Wsewolod Mejerchold, die Philosophen Wladimir Solowjow und Dimitrij Mereschkowskij. Tolstoj gründete den Verlag «Der Vermittler», der preiswerte Büchlein für das Volk herausgab. Er lud die besten russischen Literaten, Künstler und Gelehrten ein, daran mitzuarbeiten. Sein Ziel war es, den «begabtesten Menschen aus dem Volk» die Möglichkeit zu geben, sich Bildung anzueignen.

Толсто́го ста́ли называ́ть «учи́телем жи́зни». После́дователи его́ уче́ния организо́вывали о́бщины, где занима́лись крестья́нским трудо́м, ведя́ о́браз жи́зни в ду́хе «опроще́ния».

В конце́ жи́зни Толсто́й всё остре́е ощуща́л «непра́вду безу́мной ро́скоши среди́ недо́лжной нищеты́». В во́зрасте 82 лет 28 октября́ 1910 го́да он поки́нул Я́сную Поля́ну, что́бы посели́ться на како́м-нибудь отдалённом ху́торе. Че́рез не́сколько дней он у́мер от воспале́ния лёгких на железнодоро́жной ста́нции Аста́пово.

Распу́тин

В нача́ле XX ве́ка в вы́сшем петербу́ргском о́бществе получи́л изве́стность «прорица́тель» и «цели́тель», «свято́й ста́рец» Григо́рий Распу́тин. Ему́ удало́сь испо́льзовать мо́ду на оккульти́зм, ве́ру люде́й в чу́до и сверхъесте́ственные си́лы (все ожида́ли бли́зкого конца́ све́та и́ли, по кра́йней ме́ре, Росси́и).

Он собра́л вокру́г себя́ многочи́сленных почита́телей и осо́бенно почита́тельниц. Гла́вным да́ром э́того «чудотво́рца», по его́ со́бственному призна́нию, была́ спосо́бность «изгоня́ть блу́дного бе́са». Врачева́л он «одержи́мых бе́сом» же́нщин с по́мощью поцелу́ев, объя́тий и совокупле́ний. Не то́лько же́нщины, но и их мужья́ не ви́дели в э́том ничего́ посты́дного и счита́ли э́то «велича́йшей благода́тью». «Для свято́го всё свя́то» – говори́ли они́.

В 1907 году́ Распу́тин был предста́влен ко двору́. О́чень ско́ро он стал незамени́мым чело-

Man nannte Tolstoj jetzt «Lebens-Lehrer». Anhänger seiner Lehre gründeten Gemeinschaften, in denen sie sich in bäuerlicher Arbeit übten und ein Leben im Sinne der «Neuen Einfachheit» führten.

Am Ende seines Lebens empfand Tolstoj immer schärfer die «Unwahrheit unsinniger Pracht inmitten von unnötiger Armut». Mit 82 Jahren verließ er am 28. Oktober 1910 sein Gut Jassnaja Poljana, um sich auf irgendeinem abgelegenen Gehöft niederzulassen. Nach einigen Tage starb er an einer Lungenentzündung auf der Eisenbahnstation Astapowo.

Rasputin

Anfang des 20. Jahrhunderts wurde in höchsten Kreisen der Petersburger Gesellschaft der «Prophet», «Heiler» und «heilige Greis» Grigorij Rasputin bekannt. Ihm gelang es, sich die Okkultismus-Mode zunutze zu machen, den Glauben der Leute an Wunder und übernatürliche Kräfte (alle erwarteten das nahe Ende der Welt oder wenigstens Russlands).

Er sammelte unzählige Verehrer und vor allem Verehrerinnen um sich. Die größte Gabe dieses «Wundertäters» war, so erklärte er selber, die Fähigkeit, den «unzüchtigen bösen Geist auszutreiben». Er heilte «vom bösen Geist besessene» Frauen, indem er sie küsste oder umarmte oder mit ihnen schlief. Nicht nur die Frauen, sondern auch ihre Männer sahen darin nichts Verwerfliches und hielten es für die «allerhöchste Gnade». «Einem Heiligen ist alles heilig», sagten sie.

1907 wurde Rasputin bei Hofe eingeführt. Schon bald wurde er unersetzlich für Nikolaj II. und seine

ве́ком для Никола́я II и его́ супру́ги Алекса́ндры Фёдоровны (урождённой принце́ссы Али́сы фон Ге́ссен). В инти́мном ца́рском кругу́ его́ ста́ли называ́ть «Друг» и́ли про́сто «Он». Суеве́рному и мисти́чески настро́енному царю́ и его́ неуравнове́шенной жене́ Распу́тин суме́л внуши́ть, что то́лько он свои́ми моли́твами смо́жет спасти́ неизлечи́мо больно́го гемофили́ей насле́дника. Кро́ме того́, он обеща́л обеспе́чить боже́ственную подде́ржку всем госуда́рственным начина́ниям царя́. Никола́й иска́л «утеше́ния» у ста́рца в тру́дные мину́ты и, по сове́ту императри́цы, не принима́л ва́жных реше́ний, не узна́в мне́ния Распу́тина. «Де́латель мини́стров», «неофициа́льный ру́сский царь и патриа́рх» – называ́ли его́ совреме́нники.

Мно́гие из ца́рского окруже́ния бы́ли недово́льны тем, что э́тот распу́тный Распу́тин (пои́стине «говоря́щая» фами́лия), э́тот мужи́к из сиби́рской дере́вни, бы́вший конокра́д и пья́ница, актёр и гипнотизёр, держа́л в рука́х бразды́ правле́ния госуда́рством. Одна́ко ни газе́тные разоблаче́ния, ни сканда́льные слу́хи, ни ра́порты поли́ции о его́ кутежа́х не могли́ измени́ть к нему́ отноше́ния ца́рской фами́лии.

Наконе́ц, гру́ппа монархи́стов, счита́вших, что «необходи́мо удали́ть от царя́ Гри́шку Распу́тина, при кото́ром твори́тся тако́е непотре́бство при дворе́», и что «дальне́йшее его́ вмеша́тельство в госуда́рственные дела́ грози́т ги́белью Росси́йской импе́рии», организова́ла за́говор. Зна́я сла́бость Распу́тина к же́нщинам, они́ в ночь с 16 на 17 декабря́ 1916 го́да замани́ли его́ «на краса́вицу княги́ню И.» в Юсу́повский дворе́ц,

Gemahlin Alexandra Fjodorowna (die geborene Prinzessin Alice von Hessen). In der engeren Umgebung des Zaren hieß er «der Freund» oder einfach «Er». Es gelang Rasputin, dem abergläubischen und mystisch gestimmten Zar und seiner hysterischen Frau einzureden, nur er könne mit seinen Gebeten den unheilbar bluterkranken Thronfolger retten. Außerdem versprach er, für alle Vorhaben des Zaren in Staatsangelegenheiten die göttliche Unterstützung zu gewinnen.

Nikolaj suchte in Stunden der Sorge Trost bei dem Greis, und er fällte auch keine wichtigen Entscheidungen, ohne Rasputins Meinung zu hören (so hatte es ihm die Kaiserin geraten). «Ministermacher» und «Inoffizieller russischer Zar und Patriarch» nannten ihn seine Zeitgenossen.

In der Umgebung des Zaren waren viele damit unzufrieden, dass dieser «rasputnyj», dieser «lasterhafte» Rasputin (nomen est omen), dieser Bauer aus einem sibirischen Dorf, frühere Pferdedieb und Säufer, Schauspieler und Hypnotiseur, die Zügel der Staatsregierung in Händen hielt. Aber weder die Enthüllungen in der Presse, noch die Skandalgerüchte, noch die Polizeiberichte über seine Zechereien konnten das Verhältnis der Zarenfamilie zu ihm ändern.

Schließlich meinte eine Gruppe von Monarchisten, es sei «unumgänglich, Grischka Rasputin, durch dessen Anwesenheit eine solche Unzucht bei Hof herrscht, vom Zaren zu entfernen». «Seine weitere Einmischung in Staatsangelegenheiten ist eine ernste Bedrohung für das russische Kaiserreich». Sie zettelten eine Verschwörung an. Sie wussten um Rasputins Schwäche für Frauen: In der Nacht vom 16. auf den 17. Dezember 1916 lockten sie ihn zu der «schönen

накорми́ли отра́вленными пиро́жными, напои́ли отра́вленным вино́м, а когда́ циа́нистый ка́лий не оправда́л ожида́вшейся ско́рости де́йствия, – застрели́ли, раздроби́в ему́ вдоба́вок го́лову тяжёлой ги́рей. По́сле э́того труп бро́сили в про́рубь в Неву́.

Убийство не спасло́ мона́рхию. Стра́нным о́бразом подтверди́лось предсказа́ние Распу́тина о паде́нии до́ма Рома́новых че́рез не́сколько ме́сяцев по́сле его́ ги́бели. 15 ма́рта 1917 го́да Никола́й отрёкся от престо́ла. В ночь с 16 на 17 ию́ля 1918 го́да ца́рская семья́ была́ расстре́ляна большевика́ми в Екатеринбу́рге на Ура́ле.

По Сиби́ри

«Сиби́рь – э́то золото́е дно, но что́бы им по́льзоваться, надлежи́т его́ разрабо́тать», – писа́л в середи́не XIX ве́ка «декабри́ст» Лу́нин,

Fürstin I.» in den Palast von Fürst Jussupow und bewirteten ihn mit vergiftetem Gebäck und vergiftetem Wein. Als das Zyankali nicht schnell genug wirkte, schossen sie ihn nieder und zerschmetterten ihm obendrein den Kopf mit einem schweren Gewicht. Dann warfen sie die Leiche in ein Eisloch in der Newa.

Der Mord rettete die Monarchie nicht. Auf merkwürdige Weise bewahrheitete sich die Vorhersage Rasputins, ein paar Monate nach seinem Tod werde das Haus Romanow untergehen. Am 15. März 1917 verzichtete Nikolaj auf den Thron. In der Nacht vom 16. auf den 17. Juli 1918 wurde die Zarenfamilie von den Bolschewiken in Jekaterinburg (Ural) erschossen.

Sibirien längs und quer

«Sibirien: das ist goldener Boden, aber um ihn zu nutzen, muss man ihn bearbeiten», schrieb Mitte des 19. Jahrhunderts der «Dekabrist» Lunin, als er

оказавшийся в числе других ссыльных революционеров на сибирской каторге после неудачного восстания 1825 года.

Этот огромный край от Урала до Северного Ледовитого океана, площадью более 10 миллионов квадратных километров, был присоединён к России в конце XVI – начале XVII века в результате успешных походов казачьего атамана Ермака. Жившие здесь народы – ханты, манси, эвенки, буряты, якуты, ненцы, чукчи и другие – были малочисленными и не имели государственности. В 1587 году был основан первый русский город – Тобольск. В XVII веке по всей территории Сибири возникли города, которые должны были закрепить влияние России на этих необжитых землях (в 1604 году – Томск, в 1607 – Туруханск, в 1632 – Якутск, в 1649 – Охотск, в 1652 – Иркутск, в 1654 – Нерчинск).

Однако долгое время население Сибири в основном состояло из крестьян, бежавших из России от крепостной зависимости; старообрядцев, скрывавшихся от преследований официальной церкви, и казаков. Уже в XVIII веке Сибирь стала главной царской каторгой. Екатерина II распорядилась ссылать сюда беглых и непокорных крепостных. Позже на каторге или на поселении здесь были «декабристы» и «народники», опальные писатели, такие как Чернышевский и Достоевский, восставшие за независимость поляки и будущие руководители советского государства – Ленин и Сталин. Именно здесь, в почти невыносимых для жизни условиях вечной мерзлоты и морозов, доходящих до минус 40-60 градусов (ртуть за-

sich mit den anderen verbannten Revolutionären nach dem gescheiterten Aufstand von 1825 bei der Zwangsarbeit in Sibirien wiederfand.

Das riesige Gebiet zwischen Ural und Nördlichem Eismeer, mehr als zehn Millionen Quadratkilometer groß, wurde Ende des 16. bis Anfang des 17. Jahrhunderts an Russland angeschlossen, als Folge der erfolgreichen Feldzüge des Kosakenatamans Jermak. Die Völker, die dort lebten – Chanten, Mansen, Ewenken, Burjaten, Jakuten, Nenzen, Tschukschen und andere –, waren klein und nicht staatlich organisiert.

1587 wurde die erste russische Stadt, Tobolsk, gegründet. Im 17. Jahrhundert entstanden in ganz Sibirien Städte, die den Einfluss Russlands auf diese unbesiedelten Gebiete stärken sollten (Tomsk 1604, Turuchansk 1607, Jakutsk 1632, Ochotsk 1649, Irkutsk 1652, Nertschinsk 1654).

Lange Zeit bestand die Bevölkerung Sibiriens im wesentlichen aus Bauern, die aus Russland vor der Leibeigenen-Abhängigkeit geflohen waren, aus Altgläubigen, die sich vor der Verfolgung der offiziellen Kirche versteckten, und aus Kosaken. Schon im 18. Jahrhundert wurde Sibirien zum Hauptschauplatz der zaristischen Zwangsarbeit. Katharina II. ordnete an, entlaufene und widerspenstige Leibeigene dorthin zu verbannen. Zur Zwangsarbeit oder in Strafansiedlung waren dort später: «Dekabristen» und «Populisten»; unliebsame Schriftsteller wie Tschernyschewskij und Dostojewskij; Polen, die für die Unabhängigkeit eingetreten waren; und die künftigen Führer des sowjetischen Staates: Lenin und Stalin. Dort, unter den lebensfeindlichen Bedingungen des ewigen Frostbodens und des Frostwetters (es wird bis minus 40 Grad,

мерза́ет уже́ при ми́нус 40), бы́ли са́мые стра́шные лагеря́ сове́тского ГУЛА́Га – Гла́вного Управле́ния Лагере́й. Полуразде́тые, доведённые до дистрофи́и лю́ди – «беспла́тная рабо́чая си́ла» – вали́ли лес и добыва́ли зо́лото.

Несмотря́ на нача́вшиеся уже́ в конце́ XIX ве́ка попы́тки организова́ть планоме́рное переселе́нческое движе́ние в Сиби́рь, до сих пор она́ остаётся малозаселённой. В За́падной Сиби́ри на ка́ждый квадра́тный киломе́тр прихо́дится о́коло шести́ челове́к, в Восто́чной – два. В Ха́нты-Манси́йском о́круге, кото́рый даёт бо́лее двух трете́й всей не́фти, добыва́емой в Росси́и, пло́тность населе́ния составля́ет два челове́ка на квадра́тный киломе́тр, а в Яку́тии, кото́рая по величине́ равна́ Евро́пе, на ка́ждых трёх квадра́тных киломе́трах по стати́стике живёт то́лько оди́н челове́к. С друго́й стороны́, в Сиби́ри есть города́-«миллионе́ры»: Новосиби́рск и Омск.

Хотя́ пла́та рабо́чим в два ра́за вы́ше, чем на европе́йской ча́сти Росси́и, не так мно́го жела́ющих перее́хать в Сиби́рь. Не все мо́гут вы́держать суро́вый сиби́рский кли́мат, когда́ че́рез ка́ждый час рабо́ты на откры́том во́здухе зимо́й ну́жен 15-мину́тный переры́в, что́бы отогре́ться. Все сооруже́ния возво́дятся на бето́нных сва́ях, уходя́щих глубоко́ в мёрзлую зе́млю. Земляны́е рабо́ты – ле́том на боло́тистом отта́явшем сло́е, а зимо́й на твердока́менном гру́нте – обхо́дятся в 5-7 раз доро́же, чем обы́чно. Срок го́дности маши́н и обору́дования составля́ет одну́ треть по сравне́нию с рабо́той в норма́льных усло́виях.

Сиби́рь ча́сто называ́ют «кладово́й» Росси́и. С

ja bis minus 60 Grad kalt; Quecksilber gefriert schon bei minus 40), waren die allerschrecklichsten Lager der sowjetischen Lagerhauptverwaltung (GULAG). Halbnackte, ausgezehrte Menschen – «unbezahlte Arbeitskraft» – rodeten Wald und förderten Gold.

Schon Ende des 19. Jahrhunderts wurden erste Versuche unternommen, eine planvolle Auswanderungsbewegung nach Sibirien in Gang zu bringen, aber trotzdem ist es bis heute dünn besiedelt geblieben.

In Westsibirien kommen auf jeden Quadratkilometer sechs Menschen, in Ostsibirien zwei. Im Chanten-Mansen-Bezirk, der mehr als zwei Drittel des gesamten in Russland geförderten Öls liefert, liegt die Besiedelungsdichte bei zwei Menschen pro Quadratkilometer, und in Jakutien (das seiner Fläche nach so groß wie Europa ist) lebt statistisch auf drei Quadratkilometern nur ein Mensch. Andererseits gibt es in Sibirien Millionenstädte: Nowosibirsk und Omsk.

Obwohl Arbeiter doppelt so hoch entlohnt werden wie im europäischen Teil Russlands, möchten gar nicht sehr viele nach Sibirien gehen. Nicht alle können das rauhe sibirische Klima aushalten, wo man winters nach jeder Stunde Arbeit im Freien eine fünfzehnminütige Pause braucht, um sich aufzuwärmen. Alle Gebäude werden auf Betonpfeilern errichtet, die tief in den gefrorenen Boden eingelassen sind. Erdarbeiten (im Sommer auf einer aufgetauten sumpfigen Schicht, im Winter auf steinhartem Untergrund) sind fünf- bis siebenmal teurer als anderswo. Maschinen und Ausrüstungsgegenstände halten nur ein Drittel der Zeit wie unter normalen Bedingungen.

Sibirien wird oft als die «Vorratskammer» Russlands

ней свя́зываются наде́жды на промы́шленное разви́тие страны́. Здесь располо́жены огро́мные за́лежи поле́зных ископа́емых (не́фти, га́за, угля́, цветны́х мета́ллов и зо́лота, алма́зов). Таёжные леса́, занима́ющие почти́ полови́ну террито́рии Сиби́ри, даю́т древеси́ну и пушни́ну (знамени́тый сиби́рский со́боль). Сиби́рские ре́ки слу́жат исто́чником гидроэлектроэне́ргии. Со строи́тельства в 1954-1962 года́х Бра́тской гидроэлектроста́нции (ГЭС) на Ангаре́ откры́лся но́вый эта́п в освое́нии Сиби́ри – энергоориенти́рованная индустриализа́ция. В сле́дующие десятиле́тия появи́лись но́вые мо́щные ГЭС на Ангаре́ и Енисе́е (наприме́р, Сая́но-Шу́шенская, кото́рая даёт две тре́ти всей электроэне́ргии, выраба́тываемой в Швейца́рии).

Бра́тское водохрани́лище по пло́щади в 10 раз бо́льше Бо́денского о́зера. При строи́тельстве сиби́рских ГЭС бы́ли зато́плены террито́рии с находя́щимися на них сёлами, ра́вные не́скольким европе́йским госуда́рствам. О траге́дии одно́й тако́й дере́вни расска́зывает рома́н «Проща́ние с Матёрой» Валенти́на Распу́тина. В нача́ле 90-ых годо́в он стал изве́стен как уча́стник экологи́ческого движе́ния и сторо́нник иде́и «возрожде́ния ру́сской на́ции», кото́рая по́зже ста́ла испо́льзоваться профаши́стскими па́ртиями.

Обь и Ирты́ш чуть не пострада́ли от разрабо́танного в нача́ле 80-х годо́в и, к сча́стью, остано́вленного в 1986 году́ прое́кта «поворо́та сиби́рских рек».

По мы́сли а́второв прое́кта, ну́жно бы́ло измени́ть «бесполе́зное» тече́ние э́тих рек на се́вер и напра́вить их в засу́шливые

bezeichnet. An Sibirien knüpfen sich Hoffnungen auf eine industrielle Entwicklung des Landes. Hier lagern riesige Vorkommen an Bodenschätzen (Öl, Gas, Kohle, Buntmetalle, Gold, Diamanten). Die Taigawälder, die fast die halbe Fläche Sibiriens einnehmen, liefern Holz und Pelzwerk (den berühmten sibirischen Zobel). Die sibirischen Flüsse werden zur Gewinnung von Wasserkraft genutzt. Mit dem Bau des Wasserkraftwerkes von Bratsk an der Angara in den Jahren 1954 bis 1962 begann ein neuer Abschnitt in der Erschließung Sibiriens, die «energieorientierte Industrialisierung». In den folgenden zehn Jahren kamen neue große Wasserkraftwerke an der Angara und am Jenissej hinzu (zum Beispiel das von Sajano-Schuschenskoje, das eine Leistung erbringt wie zwei Drittel aller schweizerischen Kraftwerke zusammen).

Der Bratsker Stausee ist seiner Fläche nach zehnmal so groß wie der Bodensee. Beim Bau der sibirischen Wasserkraftwerke wurden Regionen von der Größe einiger europäischer Staaten überflutet, mitsamt den Siedlungen darauf. Um den traurigen Untergang eines solchen Dorfes geht es in Valentin Rasputins Roman «Abschied von Matjora». Anfang der neunziger Jahre wurde Rasputin als Teilnehmer an der ökologischen Bewegung und Anhänger der «Wiedergeburt der russischen Nation» bekannt, einer Vorstellung, die später von den pro-faschistischen Parteien ausgenutzt wurde.

Die Flüsse Ob und Irtysch wären fast Opfer eines Projektes geworden, das Anfang der achtziger Jahre ausgearbeitet und, zum Glück, 1986 fallengelassen wurde: die «Umkehrung der sibirischen Flüsse». Die Urheber des Planes wollten diese Flüsse nicht weiterhin «nutzlos» nach Norden fließen lassen, sondern in die dürren Steppengebiete des Südens um-

степны́е райо́ны юга для ороше́ния земе́ль и пополне́ния Ара́льского и Каспи́йского море́й.

В конце́ XIX ве́ка начало́сь строи́тельство Сиби́рской желе́зной доро́ги. Пе́рвая ли́ния, пу́щенная в 1903 году́, шла от Челя́бинска до Забайка́лья и от го́рода Сре́тенска повора́чивала на юг, где соединя́лась с Маньчжу́рской ли́нией и выходи́ла к Владивосто́ку. В результа́те Ру́сско-Япо́нской войны́ 1904-1905 годо́в Росси́и пришло́сь оста́вить Маньчжу́рию, кото́рую она́ заняла́ в конце́ XIX ве́ка. Возни́кла необходи́мость в строи́тельстве бо́лее се́верного уча́стка, проходя́щего по росси́йской земле́ (зако́нчен в 1916 году́). Доро́га была́ рассчи́тана на три па́ры поездо́в в су́тки и сра́зу оказа́лась перегру́женной. В 1974-1984 году́ была́ постро́ена но́вая ли́ния – Байка́ло-Аму́рская магистра́ль (БАМ). О́бщая длина́ пути́ от Москвы́ до Владивосто́ка – 9000 киломе́тров.

Байка́л

В ю́жной ча́сти Восто́чной Сиби́ри, в це́нтре А́зии, на широте́ се́верной Герма́нии, нахо́дится са́мое глубо́кое в ми́ре о́зеро – Байка́л. Очерта́ниями похо́жее на бумера́нг и́ли серп, о́зеро вы́тянуто с се́вера на юг приме́рно на тако́е же расстоя́ние, кото́рое разделя́ет Петербу́рг и Москву́ (636 киломе́тров). Пассажи́рскому парохо́ду тре́буется пять су́ток, что́бы соверши́ть рейс вдоль байка́льских берего́в. По пло́щади Байка́л в 13 раз ме́ньше Балти́йского мо́ря, но по объёму во́ду превосхо́дит его́. Бай-

leiten, damit sie dort den Boden bewässern und den Aralsee und das Kaspische Meer auffüllen könnten.

Ende des 19. Jahrhunderts wurde mit dem Bau der Sibirischen Eisenbahn begonnen. Die erste Linie wurde 1903 in Betrieb genommen; sie ging von Tscheljabinsk nach Transbaikalien und bog bei Sretensk nach Süden ab, wo sie sich mit der Mandschurei-Linie traf und nach Wladiwostok führte. Nach dem Russisch-Japanischen Krieg von 1904/1905 musste Russland die Mandschurei abtreten, die es Ende des 19. Jahrhunderts besetzt hatte. Das bedeutete, dass man unbedingt eine weiter nördlich, auf russischem Territorium verlaufende Strecke bauen musste (die 1916 fertig wurde). Die Eisenbahn war für drei Zugpaare pro Tag konzipiert und erwies sich sofort als überlastet. 1974 bis 1984 wurde eine neue Linie gebaut, die Baikal-Amur-Magistrale (BAM). Die Strecke von Moskau nach Wladiwostok ist insgesamt 9000 Kilometer lang.

Der Baikalsee

Im Süden Ostsibiriens, mitten in Asien, auf der geographischen Breite Norddeutschlands, liegt der tiefste See der Welt: der Baikalsee. Seinen Umrissen nach einem Bumerang oder einer Sichel ähnlich, erstreckt sich der See von Norden nach Süden etwa über dieselbe Entfernung, die Petersburg von Moskau trennt (636 Kilometer). Ein Passagierschiff braucht fünf Tage für eine Fahrt entlang dem Baikalsee-Ufer. Der Fläche nach ist der Baikalsee 13mal kleiner als die Ostsee, aber der Wassermenge nach übertrifft er sie. Er enthält ein Fünftel des Weltvorrats an Ober-

ка́л соде́ржит 20 проце́нтов запа́сов пове́рхностной пре́сной воды́ (поэ́тому стра́нно, что и́менно его́ иногда́ пу́тают с измельча́вшим и почти́ бо́льше не существу́ющим Ара́льским мо́рем в степя́х Казахста́на и Узбекиста́на).

Байка́льское о́зеро лежи́т на высоте́ 455 ме́тров над у́ровнем океа́на, то есть приблизи́тельно как ве́рхнебава́рские озёра. А вглубь оно ухо́дит на 1620 ме́тров. О́зеро окруже́но го́рными хребта́ми высото́й бо́лее 2000 ме́тров. Го́ры покры́ты сосно́выми бора́ми, темнохво́йной и ли́ственничной тайго́й. На верши́нах – го́рная ту́ндра и камени́стые ро́ссыпи.

Удиви́тельно прозра́чны во́ды Байка́ла – сквозь них мо́жно уви́деть разноцве́тные ка́мни на дне на глубине́ 40 ме́тров. В жа́ркий ле́тний день ве́ет ма́ртовским хо́лодом от Байка́ла. Температу́ра воды́ на пове́рхности в а́вгусте 9-12 гра́дусов. С января́ по май о́зеро покры́то метро́вым сло́ем льда. Ме́стные жи́тели расска́зывают, что иногда́ они́ узнаю́т о наступле́нии весны́, когда́ пе́рвый грузови́к прова́ливается под лёд.

Ча́сто на Байка́ле поднима́ются штормá. Иногда́ э́то зави́сит от ве́тра – от его́ си́лы и направле́ния. Но не то́лько: о́зеро нахо́дится в райо́не повы́шенной сейсми́чности, и ча́стые землетрясе́ния (иногда́ до 10 ба́ллов) вызыва́ют здесь «байка́льские цуна́ми». Учёные счита́ют, что Байка́л – «заро́дыш» бу́дущего океа́на, ведь о́зеро лежи́т в разло́ме ме́жду расходя́щимися пли́тами.

Бога́т и разнообра́зен живо́тный и расти́тельный мир Байка́ла. Здесь во́дится бо́лее ты-

flächen-Süßwasser (deswegen ist es merkwürdig, dass ausgerechnet der Baikalsee gelegentlich mit dem geschrumpften, fast nicht mehr vorhandenen Aralsee in den Steppen Kasachstans und Usbekistans verwechselt wird).

Der Baikalsee – sein Wasserspiegel – liegt auf 455 Meter Meereshöhe, also ungefähr so hoch wie die oberbayerischen Seen. Aber er geht 1620 Meter in die Tiefe. Er ist umgeben von Gebirgszügen, die höher als 2000 Meter sind.

Die Berghänge sind mit Kiefernwäldern, Fichten- und Lärchen-Taiga bedeckt. In größerer Höhe gibt es Gebirgstundra und Geröllfelder.

Das Wasser des Baikalsees ist erstaunlich klar: man kann bunte Steine auf dem Grund in 40 Meter Tiefe durchs Wasser sehen. An heißen Sommertagen weht es mit Märzkälte vom Baikalsee her. Die Wassertemperatur an der Oberfläche liegt im August bei neun bis zwölf Grad. Von Januar bis Mai ist der See mit einer meterdicken Schicht Eis bedeckt. Die Einheimischen erzählen, dass sie manchmal vom beginnenden Frühling erfahren, wenn der erste Lastwagen ins Eis einbricht.

Der Baikalsee hat oft große Wellen. Manchmal kommen sie vom Wind, je nach seiner Stärke und Richtung. Aber nicht nur vom Wind: Der See liegt in einem Gebiet erhöhter seismischer Aktivität, und häufige Erdbeben (manchmal bis 10 Einheiten auf der zwölfstufigen Mercalli-Sieberg-Skala) rufen dort «Baikal-Tsunamis» hervor. Wissenschaftler meinen, dass der Baikalsee der «Keim» eines künftigen Ozeans ist: Er liegt am Bruch auseinanderdriftender Platten.

Reich und mannigfaltig sind Fauna und Flora des Baikalsees. Es gibt dort mehr als tausend große und

сячи видов крупных и мелких животных, причём половина из них свойственна только этому озеру. Промысловое значение имеет омуль из семейства осетровых рыб.

С XVII века ведётся изучение Байкала. В 1773 году составлена карта озера. Сегодня здесь работают учёные из Иркутского университета и лимнологического института Академии Наук.

Идиллическую картину нарушает целлюлозно-бумажный комбинат, расположенный на северном побережье Байкала. В последние годы сибиряки, которые осознали экологическую опасность, организовали кампанию в защиту Байкала от его промышленного освоения.

Самый, самый, самый

В 1837 году на берегу Москвы-реки недалеко от Кремля началось строительство храма Христа-спасителя, который должен был стать памятником победы русских солдат в войне 1812 года. Для его строительства понадобилось почти полвека и 14 миллионов золотых рублей, которые были собраны как пожертвования. Самый большой в Москве, храм был виден почти из любой точки старого города.

В 1932 году он был взорван. Именно на этом

kleine Wirbeltierarten, von denen mehr als die Hälfte nur in diesem See vorkommen. Gewerbliche Bedeutung hat der Omul aus der Familie der störartigen Fische.

Seit dem 17. Jahrhundert wird der Baikalsee erforscht. 1773 wurde eine Karte des Sees erstellt. Heute arbeiten dort Wissenschaftler der Irkutsker Universität und des Limnologischen Institutes der Akademie der Wissenschaften.

Das idyllische Bild wird durch das Zellulose-Papier-Kombinat gestört, das am nördlichen Ufer des Baikalsees gelegen ist. Seit einigen Jahren werben umweltbewusste Sibirer für die Rettung des Baikalsees vor der industriellen Erschließung.

Super!

1837 wurde am Ufer der Moskwa, nicht weit vom Kreml, mit dem Bau der Christus-Erlöser-Kathedrale begonnen, die ein Denkmal für den Sieg der russischen Soldaten im Krieg von 1812 werden sollte. Um die Kathedrale zu bauen, brauchte man fast ein halbes Jahrhundert und 14 Millionen Goldrubel, die als Spenden gesammelt wurden. Die Kirche war die größte in Moskau und von fast jedem Punkt der alten Stadt aus zu sehen.

1932 wurde die Kathedrale gesprengt. Ausgerechnet

ме́сте Ста́лин реши́л постро́ить Дворе́ц Сове́тов – са́мую высо́кую в ми́ре ба́шню (415 ме́тров), с гига́нтской ста́туей Ле́нина наверху́. Судя́ по всему́, возведённый на ме́сте хра́ма Дворе́ц до́лжен был означа́ть побе́ду «но́вой ве́ры». Но плыву́чий грунт москворе́цких берего́в не вы́держал тако́го грандио́зного за́мысла. Строи́тельство пришло́сь останови́ть. Бо́лее че́тверти ве́ка здесь мо́жно бы́ло ви́деть ча́сти стально́го карка́са сове́тского дворца́.

В 1960 году́ на э́том ме́сте был постро́ен са́мый большо́й в Евро́пе откры́тый пла́вательный бассе́йн «Москва́» диа́метром 130 ме́тров, рассчи́танный на две ты́сячи челове́к.

Но исто́рия не поста́вила на э́том то́чку. По инициати́ве москвиче́й и на их поже́ртвования на ме́сте бассе́йна вновь был возведён Храм, причём в са́мое коро́ткое вре́мя: рабо́та по его́ восстановле́нию вела́сь круглосу́точно.

Икра́

На разрисо́ванных ра́йскими цвета́ми таре́лках с чёрной широ́кой каймо́й лежа́ла то́нкими ло́мтиками наре́занная сёмга, марино́ванные у́гри. На тяжёлой доске́ кусо́к сы́ра со слезо́й, и в серебряной каду́шке, обло́женной сне́гом, – икра́. Так начина́ется у́жин у знамени́того профе́ссора Преображе́нского, геро́я по́вести Миха́ила Булга́кова «Соба́чье се́рдце». А друго́й булга́ковский геро́й с поня́тной носта́льгией вспомина́ет те времена́, когда́ в моско́вских рестора́нах подава́ли «сте́рлядь, сте́рлядь

an diesem Platz wollte Stalin den Sowjetpalast bauen lassen – den höchsten Turm der Welt (415 Meter) mit einer riesigen Leninstatue auf der Spitze. Nach all dem zu schließen, sollte der Palast, einmal anstelle der Kathedrale gebaut, den Sieg des «neuen Glaubens» versinnbildlichen. Doch der Schwimmsand des Moskwa-Ufers konnte einem solch grandioses Vorhaben keinen Halt geben. Der Bau musste gestoppt werden. Mehr als 25 Jahre lang konnte man dort Stücke vom Stahlgerippe des Sowjetpalastes sehen.

1960 wurde an dieser Stelle das größte Freibad Europas gebaut: das Schwimmbad «Moskwa». Es hat einen Durchmesser von 130 Metern und ist auf 2000 Badegäste ausgelegt.

Aber die Geschichte hat hier keinen Punkt gemacht. Auf Initiative der Moskauer und mit ihren Spenden wurde an Stelle des Schwimmbads die Kathedrale neu errichtet, noch dazu in allerkürzester Zeit: Am Wiederaufbau wurde Tag und Nacht gearbeitet.

Kaviar

Auf Tellern mit breitem schwarzen Rand, die mit wunderschönen Blumen bemalt waren, lag in feine Scheiben geschnittener Lachs und eingelegter Aal. Auf schwerer Platte ein Stück Käse mit Schwitztränen, und in silbernem Fässchen, ausgelegt mit Schnee – Kaviar.

So beginnt das Abendessen beim berühmten Professor Preobraschenskij, dem Helden in Michail Bulgakows Novelle «Hundeherz». Und eine andere Figur Bulgakows erinnert sich mit verständlicher Sehnsucht an jene Zeiten, als man in Moskauer Re-

в серебри́стой каду́шке, стёрлядь куска́ми, перело́женными ра́ковыми ше́йками и све́жей икро́й».

Икра́ появи́лась на ру́сском столе́ во вре́мя пиро́в в XVII ве́ке. Тогда́ пиры́ ста́ли начина́ть сту́днем, икро́й и други́ми холо́дными заку́сками. Зате́м подава́ли жи́дкие горя́чие блю́да, а уж пото́м – жарко́е и сла́дости. В при́нципе э́тот поря́док сохрани́лся на пра́здничных обе́дах до на́ших дней.

Всегда́ высоко́ цени́лись ра́зные ку́шанья из ры́бы. Осо́бенно почита́лась во́лжская ры́ба, кото́рая была́ да́же доро́же ди́чи. Полага́ли, что чем бо́льше ры́бы на столе́ и грома́днее её разме́ры, тем вы́ше почёт для го́стя.

Нет бо́лее вку́сного, пита́тельного и дорого́го деликате́са, чем чёрная икра́ осетро́вых и кра́сная икра́ лосо́севых рыб. Гла́вным поставщико́м явля́ется Росси́я. Икра́ осетро́вых (белу́ги, осетра́, севрю́ги) счита́ется тем лу́чше и це́нится тем доро́же, чем крупне́е и светле́е зерно́. Бе́лая икра́ осетра́-альбино́са ра́ньше доставля́лась то́лько в ца́рский дворе́ц. Серебри́сто-се́рая, све́тло-кори́чневая и золоти́сто-кори́чневая икра́ редка́ и соотве́тственно дорога́. Ча́ще мо́жно купи́ть чёрную икру́.

Осетра́ вылáвливают в Ка́спии, Азо́во-Черномо́рском бассе́йне и в сиби́рских ре́ках. Они́ достига́ют в длину́ не́скольких ме́тров. Ежего́дно для получе́ния 500 тонн икры́ выла́вливается 250000 рыб. Э́то дово́льно больша́я ци́фра для тако́го ре́дкого ви́да как осетро́вые. Поэ́тому в Каспи́йском мо́ре со́зданы специа́льные фе́рмы для их разведе́ния.

staurants «Sterlet, Sterlet im silberschimmernden Fäßchen, Sterlet in Stücken, garniert mit Krebsschwänzen und frischem Kaviar» servierte.

Kaviar kam zur Zeit der Gelage im 17. Jahrhundert auf den russischen Tisch. Die Gelage begannen mit Sülze, Kaviar und anderen kalten Vorspeisen. Anschließend wurden heiße Suppen gereicht, danach dann Braten und zuletzt Süßigkeiten. Im großen und ganzen hat sich diese Reihenfolge bis heute bei Festmählern erhalten.

Immer standen verschiedenerlei Fischgerichte hoch im Kurs. Besonders geschätzt wurde Wolgafisch, der sogar teurer war als Wild. Man glaubte, dass die Gäste umso höher geachtet würden, je mehr Fisch auf den Tisch kam und je größer er war.

Es gibt keine köstlichere, nahrhaftere und teurere Delikatesse als den schwarzen Kaviar vom Stör und den roten Kaviar vom Lachs. Hauptlieferant ist Russland. Der Störkaviar (vom europäischen Hausen, vom gemeinen Stör oder vom Sternstör) gilt als umso besser und wird umso teurer bezahlt, je größer und heller das Korn ist. Der weiße Kaviar von Stör-Albinos wurde früher nur an den Zarenpalast geliefert. Silbergrauer, hellbrauner und goldbrauner Kaviar ist selten und dementsprechend teuer. Etwas öfter kann man schwarzen Kaviar bekommen.

Störe werden im Kaspischen, im Schwarzen und im Asowschen Meer und in den sibirischen Flüssen gefangen. Sie können mehrere Meter lang werden. Jährlich werden für 500 Tonnen Kaviar 250.000 Fische gefangen. Das ist eine ziemliche Menge für eine Fischart, die so selten ist wie die Störe. Deswegen sind am Kaspischen Meer besondere Störzucht-Farmen aufgebaut worden.

Лосо́севых (кету́, горбу́шу, не́рку) ло́вят гла́вным о́бразом у у́стьев дальневосто́чных рек, куда́ они́ устремля́ются на не́рест. Э́то тихоокеа́нский лосо́сь. В Герма́нии бо́льше изве́стен друго́й – атланти́ческий – вид лосо́севых.

Икру́ едя́т с блина́ми, карто́фельными ола́дьями, с бе́лым хле́бом с ма́слом. Знатоки́ едя́т э́тот деликате́сный проду́кт специа́льными ло́жками (перламу́тровыми, черепа́ховыми, роговы́ми) пря́мо из обло́женных льдом каду́шек.

В магази́не 1992

Вам нужны́ для у́жина хлеб, молоко́, сыр и ма́сло. Иногда́ для э́того Вам придётся зайти́ в 3-4 магази́на («Хлеб», «Молоко́», «Гастроно́м»). Но, е́сли повезёт, то мо́жно купи́ть всё сра́зу в одно́м. Займи́те о́чередь в отде́л, где продаётся сыр и ма́сло, и, когда́ она́ подойдёт (э́то мо́жет быть че́рез пять мину́т и́ли полтора́ часа́), попроси́те продавщи́цу взве́сить ну́жное коли́чество. Незави́симо от во́зраста к продавщи́це обраща́ются «Де́вушка!» Е́сли есть ещё что́-нибудь, кро́ме того́, что Вам ну́жно, то лу́чше то́же ку́пить, что́бы не пришло́сь пото́м бе́гать и иска́ть э́то по магази́нам и стоя́ть в о́череди.

Lachse (Keta-, Buckel- und Blaurückenlachs) werden hauptsächlich an den Mündungen der fernöstlichen Flüsse gefangen, wo sie zum Laichen hinwandern. Das sind die Pazifik-Lachse. In Deutschland kennt man eher einen anderen Lachstyp, den atlantischen.

Kaviar isst man mit Bliny oder Kartoffelfladen oder mit Weißbrot und Butter. Kenner essen diese Delikatesse mit besonderen Perlmutt-, Schildpatt- oder Hornlöffeln direkt aus kleinen Fässchen, die mit Eis ausgelegt sind.

Einkaufen 1992

Sie brauchen Brot, Milch, Käse und Butter zum Abendessen. Manchmal müssen Sie dafür in drei oder vier Geschäfte gehen («Brot», «Milch» oder «Feinkost»). Aber mit etwas Glück bekommen Sie alles gleich in einem Geschäft. Stellen Sie sich in der Schlange in der Käse- und Milchabteilung an. Wenn die Schlange vorgerückt ist (das kann fünf Minuten oder anderthalb Stunden dauern), bitten Sie die Verkäuferin, Ihnen die Menge abzuwiegen, die Sie brauchen. Man redet die Verkäuferin mit «Fräulein» an, ganz gleich, wie alt sie ist. Wenn es noch irgendetwas gibt außer dem, was Sie gerade brauchen, dann sollten Sie es kaufen, damit Sie nicht später wieder in Geschäften herumlaufen und suchen und schlangestehen müssen.

Продавщи́ца называ́ет Вам су́ммы, и Вы идёте в ка́ссу. Когда́ подойдёт Ва́ша о́чередь в ка́ссе, Вы говори́те касси́рше су́ммы и то, что Вы покупа́ете, наприме́р: «23.50 – сыр, 8.70 – молоко́, 16.30 – хлеб» (су́мма на́звана случа́йная, так как це́ны всё вре́мя расту́т). Бо́лее и́ли ме́нее бы́стро посчита́в на счётах (они́ до сих пор сохрани́лись во мно́гих магази́нах), касси́рша ска́жет, ско́лько Вы должны́. Заплати́в и получи́в чек, Вы возвраща́етесь к продавщи́це, отдаёте ей чек и без о́череди получа́ете вожделённый това́р.

Совсе́м ина́че идёт ча́стная торго́вля – на ры́нке и́ли база́ре. Здесь – прекра́сный вы́бор и сумасше́дшие це́ны. Вы́брав то, что Вам ну́жно, Вы спра́шиваете: «По чём?» и, услы́шав отве́т, де́лаете кру́глые глаза́: «Ско́лько?» Е́сли по́сле э́того це́на не упадёт, повора́чивайтесь и уходи́те, покача́в голово́й. Обы́чно вдо-

Die Verkäuferin nennt Ihnen Beträge, und Sie gehen zur Kasse. Wenn Sie an der Kasse dran sind, sagen Sie der Kassiererin diese Beträge und das, was Sie kaufen – zum Beispiel: «23,50 Käse, 8,70 Milch, 16,30 Brot» (die genannten Beträge sind ganz zufällig, die Preise steigen ja ständig). Die Kassiererin rechnet alles mehr oder weniger schnell auf einem Abakus zusammen (Abakusse haben sich bis heute in vielen Geschäften gehalten) und sagt Ihnen, was Sie schuldig sind. Sie zahlen und bekommen einen Bon, gehen zur Verkäuferin zurück, geben ihn ihr und erhalten (ohne Schlange) die heißersehnte Ware.

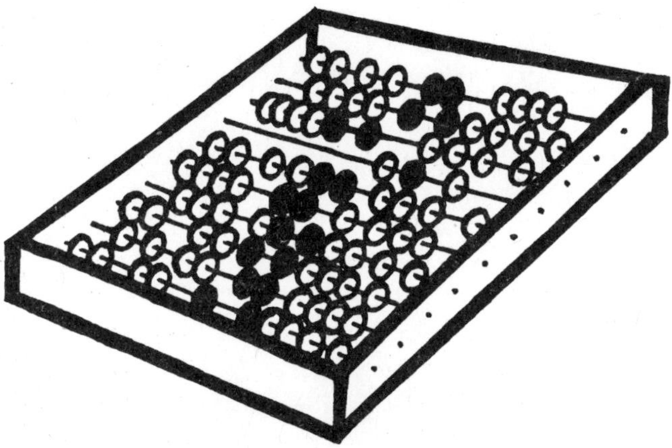

Vollkommen anders läuft ein privater Handel auf einem Markt oder Basar ab. Hier gibt es eine wunderbare Auswahl und verrückte Preise. Sie suchen aus, was Sie brauchen, und fragen: «Was kostet das?» Wenn Sie die Antwort hören, machen Sie große Augen: «Wiiieviel?» Falls jetzt der Preis nicht sinkt, drehen Sie sich um und gehen kopfschüttelnd weg.

го́нку несу́тся обеща́ния прода́ть Вам (то́лько Вам) по бо́лее схо́дной цене́.

Уже́ в нача́ле 1990-ых появи́лись комме́рческие ла́вки с «за́падными» това́рами по недосту́пным для обы́чных москвиче́й це́нам. Вско́ре все магази́ны бы́ли приватизи́рованы и раздели́лись на ла́вки для бе́дных и суперма́ркеты для бога́тых. В после́дних мо́жно купи́ть всё. И хотя́ це́ны в них ча́сто превыша́ют европе́йские, они́ не пусту́ют: Москва́ во мно́гом ста́ла го́родом «но́вых ру́сских».

Прогу́лка по Арба́ту

Арба́т – одна́ из старе́йших у́лиц Москвы́. Э́тот райо́н на́чал заселя́ться с XVI ве́ка. Как часть гла́вной за́падной доро́ги Москвы́ у́лица име́ла большо́е торго́вое и тра́нспортное значе́ние и была́ одно́й из са́мых оживлённых в го́роде. По́сле строи́тельства в 1962 году́ Кали́нинского (тепе́рь Новоарба́тского) проспе́кта Арба́т преврати́лся в ти́хую ма́ленькую у́лочку. Дома́ ста́ли разруша́ться, райо́н приходи́л в упа́док. Бы́ло ре́шено возроди́ть Арба́т. По́сле реставра́ции, кото́рая зако́нчилась в 1987 году́, Арба́т стал пе́рвой и пока́ еди́нственной пешехо́дной зо́ной в Москве́. Прогу́лка по Арба́ту даёт представле́ние об архитекту́ре ста́рой Москвы́: особняки́ в сти́ле баро́кко, классици́зма, ампи́ра сосе́дствуют с дохо́дными дома́ми конца́ XIX ве́ка. А совсе́м ря́дом стоя́т «коро́бки» Но́вого Арба́та.

Meistens wird Ihnen nachgerufen, dass man Ihnen, aber nur Ihnen, die Sache zu einem günstigeren Preis verkaufen will.

Schon Anfang der 1990er Jahre sind kommerzielle Läden mit «westlichen» Waren aufgetaucht – mit Preisen, die für gewöhnliche Moskauer unerschwinglich waren. Bald wurden alle Geschäfte privatisiert und spalteten sich in Läden für Arme und Supermärkte für Reiche. In letzteren kann man alles kaufen. Und sie sind gut besucht, obwohl die Preise in ihnen oft die europäischen übersteigen: Moskau ist in vielerlei Hinsicht die Stadt der «neuen Russen» geworden.

Arbatspaziergang

Der Arbat ist eine der ältesten Straßen Moskaus. Seit dem 16. Jahrhundert ist der Bezirk besiedelt. Als ein Stück der wichtigsten nach Westen führenden Straße von Moskau hatte der Arbat große Bedeutung für Handel und Verkehr und war eine der belebtesten Straßen der Stadt. 1962 wurde der Kalinin-Prospekt (jetziger Name: Neu-Arbat) gebaut; der Arbat verwandelte sich in ein unbedeutendes Nebensträßchen. Die Häuser begannen zu verfallen, das ganze umliegende Viertel kam herunter. Man beschloss, den Arbat wieder zu beleben. Nach der Restaurierung, die 1987 abgeschlossen war, wurde er die erste und bisher einzige Moskauer Fußgängerzone. Ein Spaziergang über den Arbat gibt eine Vorstellung von der Architektur des alten Moskau: Villen des Barock, Klassizismus und Empire stehen neben Mietshäusern aus dem ausgehenden 19. Jahrhundert. Dafür stehen gleich nebenan die Häuserblöcke vom Neuen Arbat.

Но не то́лько э́тим интере́сен Арба́т. Здесь мо́жно послу́шать у́личных музыка́нтов, молодёжных поэ́тов, посмотре́ть и купи́ть карти́ны моско́вских худо́жников, заказа́ть свой портре́т, посиде́ть в ую́тных кафе́, зайти́ к букини́стам. Арба́т стал вы́ставкой-прода́жей изде́лий ру́сских худо́жественных про́мыслов.

Пра́вда, на́до быть осторо́жным: наряду́ с рабо́тами мастеро́в здесь продаю́т и подде́лки.

Что же предлага́ет Арба́т тури́сту?

Матрёшки – деревя́нные ку́клы ра́зных размеро́в, кото́рые вкла́дываются одна́ в другу́ю; в одно́й «ма́ме» мо́жет быть от двух до двена́дцати «до́чек». Пе́рвые матрёшки бы́ли сде́ланы в подмоско́вном го́роде Тро́ице-Се́ргиевом Поса́де (Заго́рске) о́коло ста лет наза́д. Традицио́нная ро́спись изобража́ет ру́сскую крестья́нку в цвета́стом сарафа́не с пере́дником и вы́шитой соро́чке. По́сле Пари́жской вы́ставки 1900 го́да матрёшки во всём ми́ре ста́ли «визи́тной ка́рточкой» Росси́и.

Жо́стовские подно́сы с я́ркими буке́тами цвето́в на чёрном и́ли цветно́м ла́ковом фо́не – прекра́сное дополне́ние к сервиро́вке ру́сского ча́йного стола́ с непреме́нным ту́льским самова́ром. Их произво́дство, начина́я с XIX ве́ка, нала́жено в подмоско́вном селе́ Жо́стово.

Гжель – выпуска́емая с конца́ XVIII ве́ка в селе́ Гжель под Москво́й фая́нсовая посу́да, укра́шенная одноцве́тной си́ней ро́списью по

Aber der Arbat ist auch in anderer Hinsicht interessant. Man kann Straßenmusikanten und jungen Dichtern zuhören, Gemälde von Moskauer Künstlern betrachten und kaufen, ein Porträt von sich selber malen lassen, in behaglichen Cafés sitzen, einen Blick in Antiquariate werfen. Der Arbat ist zu einer Verkaufsausstellung für russisches Kunstgewerbe geworden. Man muss aber aufpassen: Meisterlich gearbeitete Gegenstände werden hier ebenso zum Verkauf angeboten wie schlechte Nachahmungen.

Was bietet der Arbat dem Touristen?

Matrjoschkas. Das sind hölzerne Puppen unterschiedlicher Größe, die eine in die andere gesteckt werden; in einer «Mutter» können zwei bis zwölf «Töchter» sein. Die ersten Matrjoschkas wurden vor ungefähr hundert Jahren in Trojza-Sergiew Possad (Sagorsk), einer Stadt in der Nähe von Moskau, hergestellt. Die traditionelle Bemalung stellt eine russische Bäuerin in geblümtem Rock, Schürze und besticktem Hemd dar. Nach der Pariser Weltausstellung von 1900 wurden Matrjoschkas auf der ganzen Welt die «Visitenkarte» Russlands.

Schostower Tabletts mit leuchtenden Blumensträußen auf schwarzem oder farbigem Lack-Untergrund sind eine ausgezeichnete Ergänzung zur Ausrüstung des russischen Teetischs, deren Mittelpunkt der Samowar aus Tula ist. Sie werden seit dem 19. Jahrhundert in Schostowo, einem Dorf bei Moskau, gefertigt.

Gschel. Steingutgeschirr, das seit Ende des 18. Jahrhunderts in dem bei Moskau gelegenen Dorf Gschel gefertigt wird. Der Untergrund ist weiß, die Bemalung

бе́лому фо́ну. Кро́ме ча́йной посу́ды, маслёнок, разде́лочных до́сок и так да́лее, гже́льские мастера́ любят и жа́нровые фигу́рки, по́лные наро́дного юмора.

Богоро́дская игру́шка – резны́е деревя́нные игру́шки из села́ Богоро́дское под Москво́й. Ча́ще всего́ э́то люби́мые геро́и из ру́сских ска́зок – медве́ди, ли́сы, пти́цы. С по́мощью нехи́трых приспособле́ний мо́жно заста́вить неповоро́тливого медве́дя и танцева́ть, и коло́ть дрова́, и пирова́ть за столо́м, и игра́ть на балала́йке, и ры́бу лови́ть.

Хохлома́ – э́то село́ недалеко́ от Го́рького, с неда́вних пор сно́ва Ни́жнего Но́вгорода. Отсю́да поставля́ют золоти́стую деревя́нную посу́ду. О́чень давно́ (одни́ учёные говоря́т, что в XVI ве́ке, други́е – в XI ве́ке) на сре́дней Во́лге зароди́лся обы́чай распи́сывать деревя́нную посу́ду. Из ли́пы, ольхи́ выреза́ли и выта́чивали ми́ски, ча́шки, ло́жки. Зате́м для про́чности деревя́нную посу́ду пропи́тывали льняны́м ма́слом, для красоты́ – натира́ли свинцо́вым порошко́м, покрыва́ли ла́ком и ста́вили в печь. Происходи́ло чу́до: ма́сло и лак станови́лись желтова́тыми, а свинцо́вый порошо́к превраща́лся в зо́лото.

Кому́-то нра́вится то, что продаётся на Арба́те, кто-то счита́ет э́то по́шлым, безвку́сным ки́тчем. Как говори́тся, «на вкус и цвет това́рища нет». Тури́сты стара́ются обяза́тельно познако́миться со знамени́тым Арба́том, изве́стным по

einfarbig dunkelblau. Außer Teegeschirr, Butterdosen, Brettchen zum Schneiden und so weiter machen die Gscheler Handwerksmeister auch gern Genre-Figürchen voll volkstümlichem Humor.

Spielzeug aus Bogorodskoje: Geschnitzte Holzspielsachen aus dem Dorf Bogorodskoje bei Moskau. Meistens sind es die Lieblingsgestalten aus den russischen Märchen: Bären, Füchse, Vögel. Mittels einer ganz simplen Vorrichtung wird ein schwerfälliger Bär dazu gebracht, zu tanzen, Holz zu hacken, am Tisch sitzend zu zechen, Balalajka zu spielen oder einen Fisch zu fangen.

Chochloma. Dieses Dorf liegt nahe bei Gorkij, das seit kurzem wieder Nischnij Nowgorod heißt. Von dort kommt das goldfarbene Holzgeschirr. Vor sehr langer Zeit – einige Wissenschaftler meinen, es sei im 16. Jahrhundert, andere, es sei im 11. gewesen – kam an der mittleren Wolga der Brauch auf, Holzgeschirr zu bemalen. Aus Linde und Erle wurden Schüsseln, Tassen und Löffel geschnitzt und gedrechselt. Das Holzgeschirr wurde – für die Haltbarkeit – mit Leinöl imprägniert, und – für die Schönheit – mit Bleipulver eingerieben und mit Lack überzogen. Dann kam es in den Brennofen. Es geschah ein Wunder: Öl und Lack wurden gelblich, und das Bleipulver verwandelte sich in Gold.

Manchem gefällt, was auf dem Arbat feilgeboten wird, mancher hält es für gewöhnlichen, geschmacklosen Kitsch. Wie man so sagt, «die Geschmäcker sind verschieden». Touristen wollen unbedingt den berühmten Arbat kennenlernen, den sie aus Anatolij Ryba-

роману А. Рыбакова «Дети Арбата» и песне Б. Окуджавы «Ах, Арбат, мой Арбат». А многие москвичи с ностальгией вспоминают о «старом» Арбате, без излишней суеты, таком уютном и таком «московском».

«Голгофа»

«Укрой меня своей чугунной шинелью!» – написал Михаил Булгаков в одном из своих писем, обращаясь к Гоголю, перед которым он благоговел. Загадочная фраза становится понятной, если вспомнить, что в сознании русского читателя «шинель» ассоциировалась с одноимённой повестью Гоголя (известны, например, слова Достоевского: «Мы все вышли из гоголевской шинели.»).

После смерти Булгакова его жена долго не могла найти подходящего камня или плиты

kows Roman «Kinder des Arbat» und aus Bulat Okudschawas Lied «Ach Arbat, mein Arbat» kennen. Doch viele Moskauer denken wehmütig an den «guten alten» Arbat zurück, in dem es keine unnötige Hast gab, der so behaglich war und so moskauerisch.

«Golgatha»

«Bedecke mich mit deinem eisernen Mantel!» So schrieb Michail Bulgakow in einem Brief – und sprach damit Gogol an, den er verehrte.

Der rätselhafte Satz wird verständlich, wenn man daran denkt, dass ein russischer Leser mit dem «Mantel» die gleichnamige Erzählung von Gogol verbindet (von Dostojewskij kennt man zum Beispiel den Ausspruch: «Wir alle sind aus Gogols Mantel herausgekommen.»).

Nach Bulgakows Tod konnte seine Frau lange keinen passenden Stein, keine passende Platte für das Grab

для моги́лы. Наконе́ц, на ста́ром кла́дбище в Дани́ловом монастыре́, среди́ обло́мков мра́мора она́ уви́дела то, что иска́ла: большо́й чёрный ка́мень, стро́гий, просто́й и долгове́чный. Оказа́лось, что э́то «Голго́фа» – черномо́рский грани́т, привезённый в Москву́ из Кры́ма специа́льно для моги́лы Го́голя его́ друзья́ми.

Когда́ в 30-е го́ды вла́сти реши́ли перенести́ прах Го́голя из Дани́лова монастыря́ на Новоде́вичье кла́дбище и поста́вить ему́ «свой» па́мятник (тривиа́льный бюст с на́дписью «От Сове́тского прави́тельства»), «Голго́фу» за нена́добностью сбро́сили в я́му.

Так сме́ртный ка́мень Го́голя стал надгро́бием Булга́кова – исто́рия, кото́рая могла́ произойти́ то́лько с э́тими двумя́ са́мыми мисти́ческими писа́телями в ру́сской литерату́ре.

Телефо́нный звоно́к

В конце́ 1989 го́да в одно́й моско́вской кварти́ре зазвони́л телефо́н.

– Я слу́шаю.

– Приве́т, э́то я. Как дела́?

– Ка́рмен, э́то ты! Приве́т! У меня́ всё отли́чно. А ты как?

– У меня́ то́же всё о'кей. Я сижу́ в шика́рной кварти́ре – одна́ моя́ знако́мая уе́хала за грани́цу и разреши́ла мне пожи́ть у неё. Сейча́с приду́т Клаус и Во́льфганг, мо́жет быть, И́нга, и мы бу́дем что́-нибудь гото́вить. Приходи́ к нам!

– Спаси́бо, я бы с удово́льствием, но мне се-

finden. Schließlich sah sie auf dem alten Friedhof des Danilow-Klosters zwischen Marmortrümmern das, was sie gesucht hatte: Einen großen schwarzen Stein, streng, einfach und unverwüstlich. Es stellte sich heraus, dass das der «Golgatha» war – ein Schwarzmeergranit, den Gogols Freunde eigens für sein Grab von der Krim nach Moskau geschafft hatten. In den dreißiger Jahren beschloss die Staatsmacht, Gogols sterbliche Überreste vom Danilow-Kloster auf den Friedhof des Neujungfrauenklosters zu überführen, und ihm dort «ihr» Denkmal zu errichten (eine unbedeutende Büste mit der Inschrift «Von der sowjetischen Regierung»). Der «Golgatha» war damit überflüssig und landete in einer Grube.

So wurde Gogols Stein zu Bulgakows Grabmal – eine Geschichte, wie sie sich nur mit diesen zwei besonders mystischen Schriftstellern der russischen Literatur zutragen konnte.

Telefon!

Ende 1989 klingelt in einer Moskauer Wohnung das Telefon.

«Ja bitte?»

«Grüß dich, ich bin's. Wie geht's?»

«Carmen, du bist es! Grüß dich! Mir geht es hervorragend. Und dir?»

«Bei mir ist auch alles OK. Ich sitze hier in einer schicken Wohnung, eine Bekannte von mir ist ins Ausland gefahren und hat mir erlaubt, darin zu wohnen. Gleich kommen Klaus und Wolfgang, vielleicht auch Inga, und wir kochen irgendwas. Komm doch auch!»

«Danke, ich würde schon gern kommen, aber ich

го́дня не́ с кем оста́вить Ваню́шу. Да, кста́ти, все ве́щи, кото́рые ты привезла́ из ФРГ для моего́ сы́на, ему́ подошли́. То́лько одна́ ку́рточка для о́сени уже́ сли́шком ма́ленькая. Так что, е́сли у тебя́ есть ещё знако́мые с ма́ленькими детьми́, то мо́жно отда́ть им.

И вдруг – тре́тий го́лос в тру́бке:

– Я возьму́ её у вас. Како́й разме́р?

– Э́то ещё что тако́е? Кто говори́т?

– Нева́жно. Скажи́те, како́й разме́р. Мне нужна́ де́тская ку́ртка. Я куплю́ её у вас.

– Да ничего́ я вам не скажу́. Я вообще́ не жела́ю ни о чём с ва́ми бесе́довать. Как вы мо́жете влеза́ть в чужо́й разгово́р и ещё тре́бовать что-то!

– Мне нужна́ ку́ртка.

– Э́то ва́ше де́ло.

– Ну что ж, вам же ху́же. Но учти́те, что все ва́ши разгово́ры прослу́шиваются.

Ру́сский язы́к

Ру́сский язы́к занима́ет пе́рвое ме́сто в Евро́пе по коли́честву говоря́щих на нём люде́й (для 130 миллио́нов челове́к он явля́ется ро́дным). Он отно́сится к славя́нской гру́ппе языко́в, входя́щей в и́ндо-европе́йскую семью́. Основна́я часть ру́сских слов – общеславя́нского происхожде́ния, поэ́тому ру́сские мо́гут немно́го понима́ть по́льскую, че́шскую, слова́цкую, болга́рскую, се́рбо-хорва́тскую речь.

До IX ве́ка славя́нские языки́ не име́ли пи́сьменности. В 863 году́ бра́тья Кири́лл и Мефо-

kann heute meinen Wanjuscha bei niemandem lassen. Ach, übrigens, alle Sachen, die du mir für meinen Sohn aus Deutschland mitgebracht hast, passen ihm gut. Nur die Jacke für den Herbst ist ihm schon zu klein. Wenn du also noch jemanden mit kleinen Kindern hier kennst, kannst du sie denen geben.»

Plötzlich – eine dritte Stimme im Hörer:

«Ich nehme Ihnen die Jacke ab. Welche Größe?»

«Was ist denn da los? Wer spricht da?»

«Das ist unwichtig. Sagen Sie mir, welche Größe. Ich brauche eine Kinderjacke. Ich kaufe sie Ihnen ab.»

«Ich sage Ihnen gar nichts. Ich möchte mit Ihnen überhaupt über gar nichts sprechen. Wie können Sie sich in anderer Leute Gespräch einmischen und dann noch etwas fordern!»

«Ich brauche die Jacke.»

«Das ist Ihre Sache.»

«Na gut, um so schlechter für Sie. Aber machen Sie sich klar, dass alle Ihre Gespräche abgehört werden.»

Die russische Sprache

Die russische Sprache steht nach der Zahl derer, die sie sprechen, an erster Stelle in Europa: 130 Millionen Menschen haben sie als Muttersprache. Sie gehört zur Gruppe der slawischen in der Familie der indoeuropäischen Sprachen. Der Hauptanteil der russischen Wörter ist gemeinslawischen Ursprungs, weswegen die Russen ein wenig Polnisch, Tschechisch, Slowakisch, Bulgarisch und Serbokroatisch verstehen können.

Bis zum 9. Jahrhundert hatten die slawischen Sprachen keine Literatur. 863 übersetzte das Brüderpaar

дий из го́рода Сало́ники (говори́вшие на ю́жно-славя́нском диале́кте) перевели́ с гре́ческого языка́ литурги́ческие те́ксты.

Пи́сьменный язы́к древне́йших славя́нских те́кстов (X–XI веко́в) называ́ется старославя́нским. Э́ти те́ксты напи́саны двумя́ а́збуками – глаго́лицей (не име́ющей ана́логов в существова́вших в то вре́мя алфави́тах) и кири́ллицей (напомина́ющей мане́ру гре́ческого уставно́го письма́ IX ве́ка).

На Ки́евскую Русь пи́сьменность пришла́ в конце́ X ве́ка вме́сте с приня́тием правосла́вия. До XI ве́ка церко́внославя́нский (продолже́ние старославя́нского) и общевосточнославя́нский языки́ бы́ли о́чень близки́. В XII–XIII века́х сложи́лся древнеру́сский язы́к. Ста́ли паралле́льно существова́ть два языка́: церко́внославя́нский (язы́к религио́зных те́кстов) и древнеру́сский, испо́льзуемый в практи́ческих це́лях и как литерату́рный язы́к.

Со второ́й полови́ны XII ве́ка, когда́ Ки́ев переста́л игра́ть роль це́нтра, объединя́ющего восто́чных славя́н, начало́сь расхожде́ние се́веро-восто́чных, ю́жных и ю́го-за́падных диале́ктов древнеру́сского языка́. В XIV–XV века́х образова́лись три самостоя́тельных языка́ – ру́сский, белору́сский и украи́нский.

В XVIII ве́ке Пётр попыта́лся прида́ть языку́, как и всей ру́сской культу́ре, бо́лее све́тский и европе́йский хара́ктер. Был введён но́вый упрощённый «гражда́нский» шрифт. Вме́сте с европе́йской культу́рой, нау́кой и те́хникой в жизнь ру́сских входи́ли но́вые слова́ из голла́ндского, неме́цкого, францу́зского, англи́й-

Kyrill und Method aus Thessaloniki (sie sprachen einen südslawischen Dialekt) liturgische Texte aus dem Griechischen.

Die Schriftsprache der ältesten slawischen Texte aus dem 10. und 11. Jahrhundert heißt Altslawisch. Solche Texte sind in zwei Alphabeten geschrieben: in Glagoliza (die mit keiner der Schriften, die es zur damaligen Zeit gab, verwandt ist) und in Kyrilliza (die an die griechische Unzialschrift des 9. Jahrhunderts erinnert).

In die Kiewer Rus kam Ende des 10. Jahrhunderts die Schrift mit der Annahme des orthodoxen Christentums. Bis ins 11. Jahrhundert waren das Kirchenslawische (die Fortführung des Altslawischen) und das Gemein-Ostlawische einander sehr nahe. Im 12. und 13. Jahrhundert bildete sich die altrussische Sprache heraus. Von da an gab es zwei Sprachen nebeneinander: Kirchenslawisch (die Sprache der religiösen Texte) und Altrussisch, das im täglichen Leben und als Literatursprache benutzt wurde.

In der zweiten Hälfte des 12. Jahrhunderts, als Kiew nicht mehr die Funktion eines Zentrums hatte, das die Ostslawen einte, begannen die nordöstlichen, südlichen und südwestlichen Dialekte des Altrussischen sich auseinander zu entwickeln. Im 14. und 15. Jahrhundert hatten sich drei selbständige Sprachen herausgebildet: Russisch, Weißrussisch und Ukrainisch.

Im 18. Jahrhundert versuchte Peter, der russischen Sprache (wie überhaupt der russischen Kultur) einen weltlicheren, europäischeren Charakter zu geben. Eine neue vereinfachte «bürgerliche» Schrift wurde eingeführt. Zusammen mit europäischer Kultur, Wissenschaft und Technik tauchten neue Wörter aus dem Holländischen, Deutschen, Französischen, Englischen

ского языко̀в и латы̀ни: ассамблѐя, губерна̀тор, бургомѝстр, бо̀цман, бока̀л, гардеро̀б, бутербро̀д, га̀лстук, парикма̀хер.

В концѐ XVIII – нача̀ле XIX вѐка средѝ образо̀ванного дворя̀нства стал мо̀дным франц̀узский язы̀к. На нём чита̀ли, говорѝли, писа̀ли пѝсьма, обща̀лись в семьѐ. Ру̀сский язы̀к каза̀лся тяжеловѐсным, гру̀бым, неизя̀щным. Геро̀иня пу̀шкинской поэ̀мы «Евгѐний Онѐгин» Татья̀на не умѐет написа̀ть призна̀ние в любвѝ по-ру̀сски.

То̀лько Пу̀шкину удало̀сь созда̀ть но̀вые литерату̀рные но̀рмы, органѝчно ввестѝ в литерату̀рный язы̀к славянѝзмы, кнѝжную и разгово̀рную лѐксику, наро̀дное просторѐчие и иностра̀нные заѝмствования. С Пу̀шкина начина̀ется «золото̀й век» ру̀сской литерату̀ры.

Во второ̀й половѝне XIX вѐка акадѐмиком Гро̀том бы̀ли разрабо̀таны но̀вые пра̀вила орфогра̀фии, кото̀рые дѐйствовали до 1917 го̀да. По̀сле Октя̀брьской револю̀ции ру̀сский язы̀к сѝльно изменѝлся. Упростѝлся алфавѝт (оста̀лось 33 бу̀квы) и пра̀вила орфогра̀фии. В язы̀к хлы̀нул пото̀к неологѝзмов, свя̀занных с но̀выми реа̀лиями совѐтского о̀бщества. Изменѝлся сѝнтаксис, словообразова̀ние и осо̀бенно стилѝстика языка̀.

«Но̀вые ру̀сские»

Но̀вый ру̀сский пойма̀л золоту̀ю ры̀бку.

Ры̀бка говорѝт:

– Ну, дава̀й три жела̀ния.

und Lateinischen im Leben der Russen auf: assambleja, gubernator, burgomistr, bozman, bokal, garderob, buterbrod, galstuk, parikmacher.

Ende des 18. und Anfang des 19. Jahrhunderts wurde im gebildeten Adel die französische Sprache Mode. Man pflegte sie lesend, sprechend, briefeschreibend und im familiären Umgang. Russisch galt als schwerfällig, derb, unelegant. Die Heldin in Puschkins Verserzählung «Eugen Onegin», Tatjana, kann keine Liebeserklärung auf russisch schreiben.

Erst Puschkin gelang es, neue literarische Maßstäbe zu setzen, in die Sprache der Literatur unverkrampft Slawismen, schrift- und umgangssprachliches Vokabular, volkstümliche Ausdrücke und fremdsprachige Lehnwörter zu übernehmen. Mit Puschkin beginnt das «Goldene Zeitalter» der russischen Literatur.

In der zweiten Hälfte des 19. Jahrhunderts erarbeitete Jakow Karlowitsch Grot, ein Mitglied der Petersburger Akademie, neue Orthographie-Regeln, die bis 1917 galten. Nach der Oktoberrevolution hat sich die russische Sprache stark verändert. Das Alphabet wurde vereinfacht (es sind 33 Buchstaben geblieben), ebenso die Orthographie. In die Sprache ergoss sich ein Schwall von Wortschöpfungen, die an die neuen Sachverhalte der sowjetischen Gesellschaft gebunden waren. Satzbau, Wortbildung und besonders Stilistik des Russischen änderten sich.

Die «Neuen Russen»

Ein Neuer Russe hat einen goldenen Fisch gefangen.

Sagt der Fisch:

«Wie wär's mit drei Wünschen?»

Но́вый ру́сский поду́мал и отвеча́ет:
– Зага́дывай!

Впервы́е назва́ние «но́вые ру́сские» бы́ло испо́льзовано в газе́те «Коммерса́нт» в 1992 году́. Оно́ сра́зу вошло́ в язы́к и культу́ру, поско́льку отрази́ло появле́ние но́вого социа́льного сло́я в по́стсове́тской Росси́и.

Иногда́ под «но́выми ру́сскими» име́ют в виду́ лишь «по-настоя́щему бога́тых люде́й»: банки́ров, представи́телей не́фтега́зовой промы́шленности, торго́вцев, вы́сших чино́вников и «олига́рхов», то есть вы́ходцев из парти́йно-комсомо́льской и хозя́йственной номенклату́ры, обменя́вших власть на со́бственность.

С друго́й стороны́, «но́вые ру́сские» – э́то и бы́вшие врачи́, инжене́ры, спортсме́ны, нау́чные рабо́тники, получа́вшие ни́щенскую зарпла́ту на госслу́жбе, уше́дшие в нача́ле 90-х годо́в в би́знес и внеза́пно разбогате́вшие. Среди́ них нема́ло образо́ванных люде́й с университе́тскими дипло́мами и с учёными степеня́ми.

Тре́тью гру́ппу составля́ют так называ́емые «братки́», представи́тели организо́ванной престу́пности, кото́рые взя́ли на себя́ фу́нкции «кры́ши» предприя́тий, навяза́в им охра́ну и покрови́тельство в обме́н на суще́ственную часть при́были. Для выясне́ния конфли́ктов ме́жду ра́зными ба́ндами вооружённые и нака́чанные «быки́» с золоты́ми цепя́ми на ше́ях и в спорти́вных костю́мах, в основно́м бы́вшие спортсме́ны или военнослу́жащие, съезжа́лись на джи́пах на так называ́емые «стре́лки» (от слов встре́ча и перестре́лка), кото́рые ста́ли излю́бленным

Der Neue Russe überlegt und sagt:
«Na dann schieß mal los!»

Zum ersten Mal wurde der Ausdruck «Neue Russen» in der Zeitung «Kommersant» (Der Kaufmann) verwendet. Er fand sofort Eingang in Sprache und Kultur, weil er die Entstehung einer neuen sozialen Schicht im postsowjetischen Russland wiederspiegelte.

Manchmal versteht man unter «Neue Russen» einfach nur «wirklich sehr reiche Leute»: Banker, Öl- und Gasindustrielle, Großhändler, hohe Beamte und «Oligarchen».

Sie alle sind aus der Partei- und Wirtschaftsnomenklatura hervorgegangen und haben ihre Staatsämter privatisiert.

Auf der anderen Seite sind «Neue Russen» auch ehemalige Ärzte, Ingenieure, Sportler und Wissenschaftler, die früher im Staatsdienst kümmerlich bezahlt wurden und plötzlich zu Geld kamen, als sie Anfang der 90er Jahre ins «business» gingen. Unter ihnen gibt es sehr gebildete Leute mit Hochschulabschluss, oft promoviert und habilitiert.

Die dritte Gruppe besteht aus den sogenannten «Brüdern», Vertretern der organisierten Kriminalität, die eine als «Dach» bezeichnete Funktion haben: sie drängen den Unternehmen Schutz und Wachdienste auf im Tausch gegen einen wesentlichen Anteil am Gewinn. Zur Klärung von Meinungsverschiedenheiten zwischen den Banden fahren die sogenannten «Stiere», meist ehemalige Sportler oder Soldaten, bewaffnet und durchtrainiert, mit Goldketten um den Hals, im Sportanzug, in Jeeps zu ihren «Strelkis» (aus den Wörtern «Treffen» und «Schießerei» zusammengesetzt). Diese Treffen wurden zu beliebten Motiven der meisten post-

мoти́вом большинства́ постсове́тских фи́льмов-боевико́в и детекти́вов, наводни́вших кни́жный ры́нок. А са́ми «братки́» – гла́вными геро́ями популя́рных анекдо́тов.

Но́вый ру́сский пришёл в турфи́рму:

– Хочу́ ка́к-нибу́дь необы́чно отдохну́ть.

– Кана́ры, оте́ль пять звёзд.

– Бы́ло уже́.

– Антаркти́да, пингви́ны.

– Бы́ло.

– Мо́жет быть, сафа́ри?

– А э́то что?

– Бу́дете е́здить на джи́пе, стреля́ть...

– Это что́, как на рабо́те что ли?

Остана́вливает мент но́вого ру́сского. Тре́бует откры́ть бага́жник. Тот открыва́ет – в бага́жнике лежи́т автома́т Кала́шникова.

– Э́то что?

– Калькуля́тор.

– Не, калькуля́тор – это тако́й ма́ленький, пло́ский, с кно́почками!

– Тот – для предвари́тельных расчётов.

Но́вого ру́сского спра́шивают:

– Скажи́те, как Вам удало́сь разбогате́ть, в чём секре́т ва́шего би́знеса?

– Да в трёх проце́нтах.

– Э́то как же?

– Да я вот куплю́ за грани́цей что́-нибу́дь, ска́жем, за до́ллар. К нам прие́ду, прода́м, наприме́р, за четы́ре до́ллара. Вот на э́ти три проце́нта я живу́.

sowjetischen Thrillerfilme und der Kriminalromane, die den Buchmarkt überschwemmen; die «Brüder» selbst wurden zu Hauptpersonen vieler weitverbreiteter Witze.

Kommt ein Neuer Russe ins Reisebüro.

«Ich möchte einen ganz besonderen Urlaub.»

«Auf die Kanaren, Fünf-Sterne-Hotel.»

«War ich schon.»

«Antarktis, zu den Pinguinen.»

«War ich auch.»

«Vielleicht eine Safari?»

«Was ist das denn?»

«Da fahren Sie mit einem Jeep und schießen...»

«Nee, nicht schon wieder wie in der Arbeit.»

Ein Polizist hält einen Neuen Russen an und lässt ihn den Kofferraum öffnen.

Der Neue Russe macht ihn auf – im Kofferraum liegt eine Kalaschnikow.

«Was ist denn das da?»

«Ein Taschenrechner.»

«Nein, der ist doch so klein, flach und mit Tasten!»

«So einer ist nur für die vorläufigen Rechnungen!»

Ein Neuer Russe wird gefragt:

«Sagen Sie, wie haben Sie es geschafft, so reich zu werden, was ist Ihr Geschäftsgeheimnis?»

«Na, drei Prozent.»

«Was heißt das?»

«Ich kaufe eben im Ausland irgendwas ein, sagen wir mal für einen Dollar. Dann komm ich zu uns rüber und verkaufe es zum Beispiel für vier Dollar. Von den drei Prozent lebe ich.»

«Но́вых ру́сских» объединя́ет не то́лько высо́кий у́ровень дохо́дов, но и о́бщая жи́зненная филосо́фия, своя́ систе́ма це́нностей, осо́бые вку́сы и сложи́вшаяся за после́дние пятна́дцать лет субкульту́ра. С одно́й стороны́, она́ скла́дывается из за́падных образцо́в потребле́ния и развлече́ний. Но с друго́й стороны́, во всём э́том есть и традицио́нная для Восто́ка скло́нность к ро́скоши, к выставле́нию на пока́з «зо́лота, парчи́ и соболе́й» (вспо́мним хотя́ бы кремлёвские ца́рские пала́ты и собо́ры, убо́ры свяще́нников и ико́ны в золоты́х окла́дах).

Выраже́ние «но́вые ру́сские» ста́ло употребля́ться и на За́паде, осо́бенно по́сле того́, как ру́сские бога́тые бизнесме́ны, оде́тые от Гу́ччи и Верса́чче и их краса́вицы-жёны в меха́х и брилья́нтах заполони́ли дороги́е куро́рты и шика́рные оте́ли.

Но́вый ру́сский реши́л встре́тить Но́вый го́д в Ни́цце. Заброни́ровал насто́лько шика́рный но́мер, что ме́неджер оте́ля встреча́ет его́ в аэропорту́. Тепло́, 20 гра́дусов. Но́вый ру́сский схо́дит с тра́па самолёта в лы́жном костю́ме, лы́жной ша́почке и с лы́жами на плече́. Ме́неджер (в шо́ке, но с уваже́нием к бога́тому клие́нту):

– Месье́, мы о́чень ра́ды Вас ви́деть. Но, к сожале́нию, Вы оши́блись, сейча́с не сезо́н – снега нет совсём.

– Ша! Снег лети́т сле́дующим ре́йсом.

Allen «Neuen Russen» ist nicht nur das hohe Einkommensniveau gemeinsam, sondern auch ihre Lebensphilosophie, das Wertesystem, der eigenartige Geschmack, die Subkultur, die sich in den letzten 15 Jahren herausgebildet hat. Einerseits setzt sie sich aus der westlichen Art von Konsum und Unterhaltung zusammen. Andererseits kommt in all dem aber auch eine in der östlichen Tradition verankerte Freude am Prunk zum Ausdruck, am Zur-Schau-Stellen von «Gold, Brokat und Zobelpelzen» (man denke nur an den Zarenpalast und die Kirchen im Kreml, an die Messgewänder der Priester und die mit Gold eingefassten Ikonen).

Der Ausdruck «Neue Russen» hat sich inzwischen auch im Westen eingebürgert, besonders seit reiche russische «businessmen», angezogen von Gucci und Versace, und ihre mit Pelzen und Brillianten behängten Damenschönheiten die teuren Kurorte und schicken Hotels bevölkern.

Ein Neuer Russe will Silvester in Nizza verbringen. Er hat eine so teure Suite gebucht, dass ihn der Hotelmanager persönlich am Flughafen abholt. Es ist 20 Grad warm. Der Neue Russe kommt die Gangway herunter, im Schianzug, mit Schimütze auf und Schiern auf der Schulter. Der Manager ist geschockt, respektiert aber den reichen Kunden und sagt:

«Monsieur, wir sind sehr erfreut, Sie begrüßen zu dürfen. Leider haben Sie sich getäuscht, bei uns ist gerade keine Saison, es gibt gar keinen Schnee.

«Schnauze! Der Schnee kommt mit dem nächsten Flieger!»

Gern schicken wir Ihnen ein Verzeichnis der Reihe dtv zweisprachig.

dtv Verlagsgesellschaft mbH & Co. KG
Tumblingerstraße 21, 80337 München